9 789358 729337

الف لیلہ کی ایک رات

(افسانے)

مصنف:

اختر شیرانی

© Taemeer Publications LLC

Alif Laila ki aik Raat (Short Stories)

by: Akhtar Sheerani

Edition: October '2023

Publisher & Printer:

Taemeer Publications LLC (Michigan, USA / Hyderabad, India)

ISBN 978-93-5872-933-7

© تعمیر پبلی کیشنز

کتاب	:	**الف لیلہ کی ایک رات** (افسانے)
مصنف	:	**اختر شیرانی**
پروف ریڈنگ / تدوین	:	اعجاز عبید
صنف	:	فکشن
ناشر	:	تعمیر پبلی کیشنز (حیدرآباد، انڈیا)
سالِ اشاعت	:	۲۰۲۳ء
صفحات	:	۱۰۰
سرورق ڈیزائن	:	تعمیر ویب ڈیزائن

فہرست

تعارف

اختر شیرانی کو عظیم شاعر یا ادیب کہنا مبالغہ ہو گا لیکن اس میں ذرا بھی شک کی گنجائش نہیں کہ اردو ادب کی مختصر سے مختصر تاریخ بھی ان کے ذکر کے بغیر ادھوری رہے گی۔

اختر شیرانی کا اصل نام داؤد خاں تھا۔ وہ ۴ مئی ۱۹۰۵ء کو ہندوستان کی سابق ریاست ٹونک میں پیدا ہوئے اور ۹ ستمبر ۱۹۴۸ء کو لاہور میں وفات پائی۔ وہ جیّد عالم اور محقق حافظ محمود شیرانی کے اکلوتے بیٹے تھے۔ اختر شیرانی نے صرف ۴۳ برس کی عمر پائی اور اس عمر میں انہوں نے نظم و نثر میں اتنا کچھ لکھا کہ بہت کم لوگ اپنی طویل عمر میں اتنا لکھ پاتے ہیں۔ اردو تنقید پر اختر شیرانی کا جو قرض ہے وہ اسے ابھی تک پوری طرح ادا نہیں کر پائی ہے۔

وہ ترقی پسند نہیں تھے جبکہ ان کے عہد میں اور اس کے بعد بھی طویل عرصہ تک، تخلیق و تنقید پر ترقی پسندوں کی حکمرانی رہی اور اسی عہد نے ان کو "شاعرِ رومان" کی سند دے کر ان کا اعمال نامہ بند کر دیا۔

شاعری کی طرح نثر میں بھی اختر شیرانی کے کارنامے کم نہیں ہیں۔ انھوں نے ترکی کے مشہور ڈرامہ نگار سامی بے کے ڈرامہ "کاوے" کو ضحاک کے نام سے اردو جامہ پہنایا۔ 'اختر اور سلمٰی کے خطوط' جس کے متعدد ایڈیشن شائع ہو چکے ہیں، خوبصورت نثر کا لاجواب نمونہ ہیں۔ انھوں نے 'دھڑکتے دل' کے عنوان سے افسانوں کا ایک مجموعہ شائع کیا جس میں دوسری زبانوں کے افسانوں کا ترجمہ اور باقی طبع زاد ہیں۔ اسی مجموعہ سے ماخوذ دس افسانے "الف لیلہ کی ایک رات" کے عنوان سے کتابی شکل میں پیش ہیں۔

(۱) ہزاروں سال پہلے

ہزاروں سال پہلے کا ذکر ہے!

یونان کی اصنامی سرزمین کی آغوش میں، ایک شاعر کی نغمہ پیکر ہستی پرورش پا رہی تھی---!

اُس کا آبائی پیشہ باغبانی تھا--- وہ خوشگوار مشغلہ، جس میں دن رات پھولوں سے کھیلنے اور اُن کی نشہ آلود رنگینی و نکہت میں ڈوبے رہنے سے بھی دل گھبرا جاتا ہے--- جو افراد حُسن و جمال کی رعنائیوں اور رنگ و بُو کی دلآویزیوں سے تھک جائیں، اُن سے زیادہ خوش نصیب، اِس خاکدانِ ہستی کی کثافتوں میں اور کون ہو سکتا ہے---؟

شعر و موسیقی سے اُس کو فطری لگاؤ تھا۔ آغازِ طفلی ہی سے، وہ اِن کو دو بے نام آرزوؤں کی صورت میں، اپنے دل و دماغ کی معصوم فضاؤں میں موجزن پاتا تھا!

شاعری، موسیقی اور گُلبازی کا مستانہ اجتماع ہی کیا کم تھا کہ عمر کے پندرھویں سال میں اُس کو، ایک اور عجیب و غریب اور تند و بے پناہ، مگر گمنام جذبے کا اپنے سینے میں احساس ہوا--- اُس کافر جذبے کا احساس، جسے شباب باختہ افراد کمالِ حسرت سے یاد کرنے کے عادی ہیں---!

یہ وہ زمانہ تھا--- کہ دُنیا شباب و دوشیزگی کی والہانہ پرستار بنی ہوئی تھی! فضائے ہستی پر، شعر و موسیقی کی آسمانی پریاں، اپنے رنگین اور طلائی پروں کے ساتھ چھا رہی تھیں، اور تمام کائناتِ ارضی پر "دیوتائے عشق" اور اُس کے شوخ و شریر تیروں کی

خدائی تھی۔۔۔!

نوجوان شاعر، اِس دنیا میں تنہا تھا، اور شہر سے باہر، ایک بہشت تمثال باغ میں، اپنی زندگی کے بے قرار دن، اور جوانی کی بے خواب و سرشار راتیں گزار رہا تھا۔۔۔ اُس کے دن برِبط نوازی اور نغمہ سرائی میں بسر ہوتے تھے اور اُس کی راتیں نامعلوم خیالی جنّتوں کے سنہری خوابوں میں کٹتی تھیں۔

ایک شاہکارِ شعر و شباب

بالآخر۔۔۔ اُس کی خلش ہائے شعر و شباب سے معمور اور سرمستی ہائے نغمہ و خیال سے پُور، زندگی پر ایک دورِ عروج وہ بھی آیا کہ کھلے ہوئے پھولوں سے اُسکی توجّہ کم، اور رفتہ رفتہ زائل ہوتی گئی اور مست بھرے نغموں سے، اُس کا شوق تشنہ رہنے لگا۔۔۔ البتہ نا شگفتہ کلیوں اور پُر از خیال و اِضطراب نغموں سے اُسکی دلچسپی، روز افزوں ترقّی کرنے لگی۔۔۔ یہاں تک کہ اگر کوئی اُس سے سوال کرتا تو شاید وہ کبھی نہ بتلا سکتا کہ اُس کے ذوقِ شعری میں یہ خاموش اور عمیق انقلاب کیونکر رونما ہوا۔۔۔؟

اُس کے، اُس زمانے کے شاعرانہ خیالات و احساسات کی حسین ترین یادگار شاید وہ شگفتہ نظم ہے، جو اُس نے کلیوں پر لکھی تھی اور جس کا مطالعہ آج تک یونانی شعر و ادب سے دلچسپی رکھنے والے نوجوانوں کے وجدانِ ذوق کا وظیفہ ادبی بنا ہوا ہے۔۔۔!

بہت کم لوگوں کو علم ہو گا کہ جس رات اُس نے اِس نظم کو، اِلہامی انداز میں موضوعِ افکار بنایا۔۔۔ اُس کی حالت کس درجہ کھوئی ہوئی، اور وارفتگی سے لبریز تھی۔۔۔ یا وہ رات کے اوّل حصّے سے، جبکہ طلوعِ ماہتاب کی ہلکی ہلکی روشنی، فضاؤں میں ایک غُبار آلود کُہر کی طرح بکھر رہی تھی۔۔۔ آخر حصّے تک مسکراتی ہوئی کرنوں کی پھیلی ہوئی چھاؤں میں۔۔۔ اِس نظم کو گاتا رہا۔۔۔ اور ایک نا قابلِ اظہار سرمستی و نشاط کے عالم

میں اپنا ننّھا سا حسین و زر کار بربط بجاتا رہا۔۔۔ یہاں تک کہ باغ کے نگہت معمور کُنجوں میں، خوش اِلحان طُیور کی فطرت سرائیاں دفعتاً بیدار ہو گئیں اور لہک لہک کر اُسکی ہم نوائی کا فرض ادا کرنے لگیں۔

نہ پھولوں کی تمنّا ہے، نہ گلدستوں کی حسرت ہے
مجھے تو کچھ اِنہی بیمار کلیوں سے محبت ہے

بے موسم کے پھُول

اُسی زمانے میں ہاں اُسی سنہرے زمانے میں، جس کو زندگی کی صنعت و لطافت کا دورِ عروج کہنا چاہیئے، یونان کے جلیل القدر شاہزادوں اور بہادر نوجوانوں میں، سپارٹا کی حسین شہزادی کا یہ اعلان گونج رہا تھا کہ جو شخص بے موسم کے پھُول لا کر دے گا، شہزادی اُس سے شادی کرے گی۔۔۔!

یہ شہزادی اپنے حُسن و جمال اور رعنائی و دِلربائی کی بنا پر، دُور دُور کی فضاؤں کی سجدہ گاہِ خیال بنی ہوئی تھی، وہ پھولوں کی حد درجہ فریفتہ تھی، اور خزاں کے موسم میں بھی، پھولوں سے محروم رہنا، اُس کو گوارا نہ تھا۔۔۔!

خزاں کا دَور شروع ہو چکا تھا، باغوں میں چاروں طرف، بے برگی و افسُردگی کا منظر رُونما تھا۔۔۔ مگر شہزادی کی شرط سے (جو حقیقتاً شہزادی کے آسمانی اور ملکوتی حُسن کا ادنیٰ اعتراف تھی) عہدہ برا ہونے کے لیے بیسیوں شہزادے اور پہلوان قسمت آزمائی کے لیے نکل کھڑے ہوئے۔۔۔ بے موسم کے پھولوں کی تلاش میں کوئی دقیقہ اُٹھا نہیں رکھا گیا۔ اکثر نے ہار تھک کر، آسمانی دیوتاؤں سے اِلتجائیں کیں، دعائیں مانگیں، مَنّتیں مانیں،۔۔۔ مگر گُلِ مراد ہاتھ نہ لگا، پر نہ لگا۔۔۔ اور تلاش و جستجو کی ایک طویل مدّتِ آوارگی کے بعد، یہ طغیانیِ جوش و خروش، جھکتے ہوئے طوفان، اور شکست ہوتے ہوئے

حباب کی طرح فرد ہو گئی۔۔۔

شہزادی کا اعلان، شہزادوں اور پہلوانوں ہی تک محدود نہ تھا، بلکہ یہ ایک صلائے عام تھی، جس پر ہر غریب و امیر کو اپنی اپنی تلاش و جستجو کی بنیاد رکھنے کی اجازت تھی اور یہی وجہ تھی کہ نوجوان شاعر بھی اِس دلچسپ اعلان سے بے خبر نہیں رہ سکتا تھا۔۔۔ اُس نے اپنے باغ کے مُرجھائے ہوئے پودوں کی طرف حسرت بھری نگاہ سے دیکھا، مگر حسرت بھری نگاہ پھُول نہیں پیدا کر سکتی تھی۔۔۔!!

شعر و نشاط کے موسم میں!

نوجوان شاعر کی معصومیتِ شباب میں، شہزادی کے اِس اعلان نے، ایک خاموش مگر پُر از اِضطراب ہیجان پیدا کر دیا تھا۔۔۔ وہ ایک ایسا پُر سکون دریا تھا، جس کی تہ میں تلاطم برپا ہو!

اُس کی تمنّا اور پاکیزہ زندگی، نشاط و بیخودی کے اُس دور سے گزر رہی تھی، جبکہ کائناتِ ہستی کا ہر ایک ہلکے سے ہلکا جھونکا، معصوم روحوں میں، ایک گُدگُدی بن کر اُتر جانے کا عادی ہوتا ہے۔۔۔ اُس کے لیے دُنیا کچھ نہ تھی، مگر ایک لذّتِ محیط! ایک نشاطِ رقصاں!۔۔۔ اُس کے نزدیک زندگی کے کوئی معنی نہ تھے، لیکن ایک نویدِ کیف! ایک پیامِ سرشاری!۔۔۔ جوانی کا کافرماجرا احساس۔۔۔ اور احساس بھی اوّلیں، اُس کے اُبلتے ہوئے سینے میں کوئی نامعلوم شے بیتاب تھی! اور اُس کے دھڑکتے ہوئے دل کے تاروں میں ایک خاموش مگر بے ضبط جوش لرز رہا تھا۔۔۔!

حقیقت میں اُس کی موجودہ زندگی اِک موسمِ نشہ و سّرور اور ایک عالمِ نگہت و نُور سے مراد تھی جس کی وارفتہ کاریاں اُسے سراپا اِضطراب اور سراپا اِلتہاب بنائے ہوئے تھیں۔۔۔ پرستش و عبودیت کا ایک پُر سکوت مگر بے قرار جذبہ تھا، جو اُس کی رگ

وپے میں جاری وساری تھا۔۔۔!

کچھ اِنہی۔۔۔ کچھ ایسی ہی، بے اختیاریوں کی کشش تھی، جو اُسے ایک عالمِ سرخوشی میں، کشاں کشاں قریب کے سبزہ زاروں میں لے جاتی تھی۔۔۔ اور پھر سبزے پر ایک بے خودانہ لغزش! فضا میں ایک شاعرانہ نغمہ! یا پھر سنسان وُسعت میں ایک آوارہ، ایک لااُبالیانہ، ایک بے پروایانہ خرام۔۔۔ اُس کی حساسیت کا مقصودِ بیخودی ہوتا تھا۔۔۔!

ایک رات۔۔۔ جبکہ چاندنی کی شفّاف اور سیمگوں شعاعیں، دنیا کی وسعتوں میں نُورو سرور کے پھُول برسا رہی تھیں۔۔۔ نوجوان شاعر کی مستانہ خرامی، اُس کو حسبِ دستور اپنے مسکن سے دُور، بنفشے کی خزاں رسیدہ وادی میں آوارہ کر رہی تھی۔۔۔ شباب کے حسین ولبریزِ شعریت نغمے، اُس کی زبان پر جاری تھے۔۔۔ وہ نغمے، جن کے پردوں میں معصومیّتِ خیال اور حرارتِ شباب کے شعلے دبے ہوئے تھے۔۔۔ اور وہ اپنی سرودخوانیوں میں مست، شعر طرازیوں میں سرشار، ایک بیخودی وسُکر کی حالت میں۔۔۔ گھنیرے درختوں سے لدی ہوئی، چھُپی ہوئی وادیوں کو طے کرتا ہوا دُور بہت دُور، ایک سادہ وبے رنگ سبزہ زار میں نکل آیا تھا، جس میں کوئی درخت نہ تھا! کوئی پودا نہ تھا!۔۔۔ مگر ایک۔۔۔ قدر شناس نگاہوں سے دُور ایک لالہ۔۔۔ ایک لالۂ صحرائی۔۔۔!!

شاعر اور لالۂ صحرائی

"۔۔۔ میری رنگینیاں غارت ہو چکی ہیں اور میری نکہتیں آوارہ، میری شادابیاں تباہ ہو چکی ہیں، اور میری بہاریں مضمحل!۔۔۔ یہ خزاں کا بے کیف موسم، یہ صحرا کی بے رنگیاں۔۔۔! نہ دامانِ اَبر کی سرشاریاں نصیب ہیں۔ نہ آغوشِ جوئبار کی تروتازگیاں۔۔۔ مگر آہ! یہ صحرائی فضا میں گونجتی ہوئی تھرّائی ہوئی موسیقی۔۔۔! جو ایک بھُولے بِسرے خواب کی طرح، مجھ میں بالیدگی نشاط پیدا کر رہی ہے۔۔۔ کاش میں اِسے قریب سے۔۔۔

بہت قریب سے، اپنے دامنِ افسردگی میں بھر لوں۔۔۔! آ! نوجوان آنے والے، بہار کے نغمے سنانے والے شاعر! آگے آ! اور مجھے بہار کا ایک مستانہ نغمہ سنا۔۔۔!"

"۔۔۔ معلوم ہوتا ہے، اِس ویران وسعت میں، اِس سنسان فضا میں کسی بلبل کی آواز اِنتشارِ نگہت میں مصروف نہیں ہوتی۔۔۔!"

نوجوان شاعر نے افسوس کے لہجے میں کہا:۔

"بلبل! آہ، بلبل کہاں؟ جب منّتِ باغبان سے محرومی ہو تو بلبل کی آواز کیوں کر نصیب ہو سکتی ہے۔۔۔ بلبل و گل کی رنگینیوں اور شادابیوں میں جس خون کی سرخی صَرف ہوتی ہے، اُس کی تعمیر باغبان کے پسینے کی منّت کش ہوا کرتی ہے۔۔۔ کیونکہ اگر باغباں نہ ہو تو باغ نہ ہو، پھول نہ ہوں! اُن کی نگہت افشانیاں نہ ہوں۔۔۔ اور یہ نہ ہوں تو بلبل کہاں سے آئے؟ اُس کی نغمہ طرازی کس لئے ہو؟ نغموں میں گدازِ شعریت اور فشارِ جذبات کا رنگ کیونکر پیدا ہو۔۔۔؟"

یہ سن کر نوجوان باغبان مسکرا پڑا۔۔۔ اور لالۂ صحرائی کے پاس آکر، مست بھری نگاہوں سے، اُس کی خزاں رسیدہ حالت کا مطالعہ کرنے لگا۔۔۔ کس قدر دلگداز منظر، کیسا مرجھایا ہوا سماں تھا۔۔۔!

بربط کے تاروں نے!

لالۂ صحرائی نے پھر غیر معمولی اشتیاق کے لہجہ میں کہا "بہار کا نغمہ! حسین مغنّی!۔۔۔ اِس چاندنی رات میں، تیری معصوم صورت، لازوال اور مقدس دیوتاؤں کی طرح، پُر عظمت اور شاندار نظر آتی ہے۔۔۔ خدارا ایک بہار کا نغمہ سُنا۔۔۔ میری کُملائی ہوئی کلیاں، مدّت سے ایک شاداب برساتی راگ کی پیاسی ہیں اور میری سوکھی ہوئی پتّیاں نشاطِ بہار کے مستانہ ترانوں کے لیے دامن دراز۔۔۔ خوبصورت باغبان! مجھے ایک

ایسا پُر کیف نغمہ سنا، جیسا کہ عظیم الشان باغوں میں، مسکراتے ہوئے پھولوں کے حضور میں، کوئی بلبل، اُس وقت سناتی ہے جب تمام نگہت بھری فضاؤں پر، انوارِ صبح گاہی اور جلوہ ہائے طلائی کا حسین پردہ پڑ جاتا ہے، اور رنگین و معصوم کلیوں کی پیالیاں، اِس شرابِ نُور و نغمہ کو مچل مچل کر اپنے دامن میں بھر لینا چاہتی ہیں۔۔۔!"

نوجوان شاعر نے اپنا بربط سنبھالا اور۔۔۔ بیک جُنبشِ انگشت، فضا میں ایک زخمی راگ پھیل گیا۔۔۔ اور دیر تک اِسی طرح بربط بجاتا رہا! اور جوش و خروش کے عالم میں بجاتا رہا۔۔۔ مگر لالے کی بیقراری و افسردگی کو ذرا تسکین نہ ہوئی۔۔۔

بالآخر لالے نے کہا:۔

"بربط کے تاروں نے اپنے عجز کا اعتراف کر لیا ہے، اُن کے پردوں میں میرے درد کی دوا نہیں۔۔۔ میری شادابیِ حیات، تیرے نورانی گلے کی رگوں میں خوابیدہ ہے۔۔۔ اور خدائے خدایاں (جیوپیٹر) کی بھی یہی تقدیر ہے!"

سرودِ شبانہ!

ہیبت ناک صحرا میں، جس کی ویرانی و وحشت کو، چاندنی نے حسین بنا دیا تھا ایک آبشارِ موسیقی موجیں مارنے لگا، ایسا معلوم ہونے لگا گویا زمین و آسمان نے، اپنی تمام ارضی و سماوی موسیقی کے لا تعداد خزانوں کے دروازے کھول دیئے ہیں۔۔۔ اور فضائے لامتناہی میں، چار سُو، پُر شور نغموں کے طوفان اُمنڈ رہے ہیں۔۔۔! ۔۔۔ نغمے کی پہلی ہی جنبش نے ملکہ بہار جادو کے سحر بہار کا منظر جلوہ نما کر دیا۔۔۔ لالے کی زخمی افسردگیوں نے بہار و شادابی کی کروٹ لینا شروع کی۔۔۔ شاخوں میں نور و نگہت کی روح سمانے لگی۔۔۔ پتیوں میں تر و تازگیِ حیات کی لہر دوڑ گئی۔۔۔ رگ رگ میں رنگینیوں اور شادابیوں کے طوفان مسکرانے لگے۔۔۔ اور لالہ صحرائی ہرا بھرا نظر آنے لگا۔۔۔!

نوجوان شاعر کی حیرت سامانیاں، اندازہ سے باہر تھیں۔۔۔ اُس کے خواب و خیال میں بھی نہیں آسکتا تھا کہ محض اُس کے سرودِ شبانہ کے اثر سے لالہ صحرائی بے موسم کے پھول کھلا سکتا ہے۔۔۔

"۔۔۔ او نوجوان شاعر! تجھ پر دیوتاؤں کی برکت کا سایہ ہو! تیری نوجوانی اِسی طرح شاداب رہے ! اور تیری معصومیت اِسی طرح تر و تازہ!۔۔۔ تیرے مقدّس اور معصوم نغموں نے مجھے نئی زندگی بخشی ہے، اور اگرچہ اِس آبِ حیات کا اثر صرف صبح تک رہے گا۔ تاہم عدم کے ایک طویل اور ناگوار سکون و جمود سے، بہر حال، زندگی، آہ، خوبصورت اور شیریں زندگی، رنگین اور شاداب زندگی کے چند لمحے زیادہ قیمتی ہیں۔۔۔ دُنیا زندگی کی حریص ہے، اور میں بھی اِس سے مستثنیٰ نہیں۔۔۔ انسان نادان ہے، جو موت کا ذائقہ چکھے بغیر موت کو زندگی سے زیادہ پُر سکون اور راحت افزا بتاتا ہے۔ مجھ سے پوچھو، میں نے موت اور زندگی، دونوں کی کیفیتوں سے لطف اُٹھایا ہے۔۔۔ زندگی، آہ زندگی، اِن دُور کے خوابوں سے کہیں زیادہ حسین ہے۔۔۔ بہر حال اب جب کبھی تیرے باغ کے پھُول ختم ہو جائیں، اور لالہ و یاسمین کی ٹہنیوں پر ایک مرجھائی ہوئی کلی بھی نظر نہ آئے۔۔۔ تو اُس وقت تُو میرے پاس آنا اور مجھے ایک ایسا ہی بہار پرور نغمہ سنا کر، جس قدر پھولوں کی ضرورت ہو لے جانا!"

نوجوان شاعر نے فرطِ مسرّت سے بیخود ہو کر، بہت سے پھول توڑ کر دامن میں بھر لئے۔۔۔ اور اب وہ بیقرار تھا کہ کسی طرح شاہزادی تک پہنچ جائے۔

شہزادی کے آستانے تک

اُسی صبح، شہزادی کے آستانے پر، ایک نوجوان شاعر بربط ہاتھ میں لئے دامن میں پھُول بھرے، شہزادی کے حُسن و جمال کی شان میں شعر گاتا، اور نغمے سناتا۔۔۔ نظر

آیا۔۔۔ جس کی زبان پر یہ شعر تھا

طلب سے چُنتے پھرتے ہیں ہم پھول گلشن میں
صباشاید گرادے اُن کو جاکر تیرے دامن میں!

۔۔۔ شہزادی کو مطّلع کیا گیا۔۔۔ اور یہ مفلوک الحال، مگر مجسّم نغمہ و شعر نوجوان، فوراً شہزادی کے حضور میں بلالیا گیا۔۔۔!

شہزادی، اپنا ننھّاسازر نگار تاج پہنے، ایک مخملی صوفے پر آرام فرما تھی۔۔۔ شاعر آگے بڑھا اور اُس کے نازنین قدموں پر اُس نے اپنا دامن خالی کر دیا۔۔۔ مسند پر لالے کے شاداب و شگفتہ پھولوں کا ڈھیر نظر آنے لگا۔

یہ دیکھ کر شہزادی، اپنی معصوم اور طِفلانہ مسرّت کے جوش کو ضبط نہ کر سکی۔ بے اختیار اُس کی زبان سے نکل گیا:۔

"آہا! کیسے پیارے پھُول ہیں!"

اور۔۔۔ وہ جلد جلد پھولوں کو سمیٹنے لگی!

شاعر نے اُنہی پھولوں کا ایک خوبصورت ہار نکالا اور چاہا کہ شہزادی کے گلے میں ڈال دے۔۔۔ اِتنے میں شاہزادی کی ایک خواص آگے بڑھی اور بولی:۔

"ٹھہرو! ابھی اِس کا وقت نہیں آیا! ہماری شہزادی کو پھولوں سے بہت محبت ہے، اِس لیے پہلے تمھیں ایک ماہ تک اِس شرط کی کامیابی کا ثبوت دینا پڑے گا!"

شاعر نے جواب دیا "میں اِسکی تعمیل کروں گا، مگر کہیں خزاں کا تمام موسم اِسی امتحان میں نہ گزر جائے، میری تمنّا ہے کہ ایک مہینے کے اندر اندر مجھے شہزادی کے گلے میں ہار ڈالنے کی اجازت دی جائے"

شہزادی کی شرمگیں آنکھوں میں ایک ہلکی ہلکی مسکراہٹ جھلکنے لگی۔

وظیفۂ صبح گاہی!

اور۔۔۔ اب نوجوان شاعر نے، جس کی سرشار جوانی اور پُر شوق شاعری طوفان کی طرح بے تاب تھی، اپنا وظیفۂ صبح گاہی بنالیا تھا۔۔۔ کہ وہ روز پچھلی رات کو اُٹھ کر صحرا کی طرف جاتا۔۔۔ اور چند لمحے لالۂ صحرائی کے پاس بیٹھ کر ایک ایسا اَچھوتا نغمہ سناتا۔ جس کے اثر سے لالے کی شاخوں پر شوخ و شاداب پھول کھل جاتے۔۔۔ شاعر اُن کو اپنے دامن میں بھر کر لے آتا اور شہزادی کے قدموں پر لے جاکر ڈال دیتا۔۔۔ خزاں کا ایک مہینہ اِسی قسم کی گُل آفرینی اور گُل چینی میں ختم ہو گیا۔۔۔!

"میرے شاعر"!

"۔۔۔ میرے شاعر! کیا یہ تعجب کی بات نہیں کہ جب خزاں کے اِس دَور میں، کسی کو پھولوں کی ایک پنکھڑی تک نصیب نہ ہو سکی، تم ہر صبح اِتنے اور ایسے شگفتہ پھُول لے آتے ہو۔۔۔! آخر یہ پھُول کہاں سے لاتے ہو۔۔۔؟"

عروسی کی پہلی رات۔۔۔ نے شاعر کے شباب و شعر کی دنیا میں ایک ہنگامۂ ذوق برپا کر دیا تھا۔۔۔ شہزادی نے شرمائے ہوئے لہجے میں دریافت کیا۔۔۔ مگر نوجوان شاعر! اُس کے سوال کا کوئی جواب نہ دے سکا، کیونکہ وہ خود نہیں جانتا تھا کہ اُس کے نغمے کے اثر سے لالہ کیونکر پھُول کھلا دیتا ہے۔۔۔؟

"کیا تم ساحر ہو؟ کیا یہ پھُول کسی دیوتا کی مدد سے حاصل ہوتے ہیں؟"

"نہیں!۔۔۔ صرف اِتنا جانتا ہوں کہ دُور تمھارے محل سے بہت دُور، ایک سنسان جنگل میں، ایک لالے کا پودا ہے۔۔۔ جب میں اُسے ایک گیت سُناتا ہوں تو وہ پھُول کِھلا دیتا ہے،۔۔۔ یہ مجھے خود بھی نہیں معلوم کہ وہ ایسی کونسی چیز میرے نغموں میں ہے، جس کی تاثیر لالے میں پھُول پیدا کر دیتی ہے۔۔۔!"

"کیسے تعجّب کی بات ہے !۔۔۔ مگر ہائیں، کیا صبح ہو گئی ؟۔۔۔ تارے جھلملانے لگے۔۔۔"

"تو کیا صبح ہو گئی، کہیں مجھے تمھارے پھُول لانے میں دیر نہ ہو جائے۔۔۔"

۔۔۔ آج کی رات۔۔۔ ! جبکہ دو روحوں نے، دو روحوں کی محبت نے باہم پیمانِ وفا باندھا تھا۔۔۔ جوشِ خلوص اور نشاطِ محبت کے رقیق اثرات میں۔۔۔ کیا ہرج تھا، اگر شہزادی کہہ دیتی کہ "اب مجھے پھُولوں کی ضرورت نہیں "اب تو مجھے وہ پھُول مل گیا ہے، جس کی بہار سے یہ تمام تر کائناتِ ارضی زندہ ہے۔

"اور اِس طرح شہزادی اپنے حسّاس شاعر کو روک لیتی۔۔۔ مگر عورت ! آہ، عورت ! کس درجہ ستم ظریفی کا پیکر ہے۔۔۔ !

شاعر گھبرا کر بستر سے اُٹھا، اور پچھلی رات کے جھلملاتے ہوئے تاروں نے دیکھا کہ وہ ایک ادائے بیخودی، ایک اندازِ اِضطراب کے ساتھ صحرا کی طرف جا رہا تھا اُس کی رفتار مستانہ تھی اور اُس کی ہیئتِ نشاط آلود۔۔۔ ہر چند کہ اُس کی مسرتوں کی کوئی انتہا نہ تھی۔۔۔ مگر اُس کی صورت اُس بیمار کی سی نظر آتی تھی جس نے ابھی ابھی غسلِ صحت کیا ہو۔۔۔ اُس کی روح کچھ ایسا اضمحلال محسوس کرتی تھی، جیسے وہ کلی، جس سے خزاں نے رنگ و بو چھین لیا ہو، اُس کی ظاہریت و معنویت بحیثیتِ مجموعی، ابر کے اُس رنگین پارے کی طرح تھی، جو برس کر کھُل سا گیا ہو، یا پھر اُس بجلی کی طرح جو برستے ہوئے بادلوں میں جھلملایا کرتی ہے۔۔۔ ! حسبِ معمول ! لالۂ صحرائی کی پتیوں پر اُداسی چھا رہی تھی۔۔۔ اور بالو ریت کے ذرّوں کو چومنے کے لئے سورج کی پہلی کرن، آہستہ آہستہ آگے بڑھ رہی تھی۔۔۔ جس وقت شاعر، اپنی پھولوں سے کھیلنے والی " دلہن " کے لئے پھول لینے لالۂ صحرائی کے پاس آیا۔۔۔

اُس نے اپنے بربط کے تاروں کو بیک حرکتِ انگشت چھیڑا اور حسبِ معمول وہی بہار پرور نغمہ سنانے لگا۔۔۔ وہ گاتا رہا اور برابر گاتا رہا۔۔۔ گُزری ہوئی رات کو سر مستیوں کی تکان کے باوجود، اُس کی روح۔۔۔ آج، ایک عورت، ایک پیکرِ جمال عورت کے ہونٹوں سے ٹپکنے والی شرابِ زندگی سے مخمور تھی۔۔۔ اور جب کبھی اُسے رات کے خواب نما واقعات کا خیال آتا۔ اُس کی مضمحل حالت میں، ایک فوری جوش پیدا ہو جاتا تھا۔۔۔!

بالآخر۔۔۔ اُس کا نغمہ ایک نگاہِ اُمید سے تبدیل ہو گیا۔۔۔ اور اُس نے پھولوں کو توڑ کر، دامن میں رکھ لینے کے ارادے سے لالے کی طرف دیکھا۔۔۔ مگر۔۔۔ اُف۔۔۔ کس قدر مایوس نظارہ تھا۔۔۔!!

لالے کی شاخیں پھولوں سے محروم تھیں۔۔۔!

وہ حیرت اور پریشانی کے عالم میں گھبرا کر کھڑا ہو گیا، اور آنکھیں مل مل کر، پودے کے چاروں طرف پھر پھر کر اُس کی شاخوں کو، اُس کی پتیوں کو گھُور گھُور کر دیکھنے لگا، مگر لالے میں کوئی پھول نہیں کِھلا تھا۔۔۔!

"یک بیک۔۔۔ لالے کی افسردہ مگر پُر جوش آواز بلند ہوتی ہے:-

"۔۔۔ بے وقوف انسان! میرے پھولوں کو صرف معصوم نوجوانوں کے نغمے اور دوشیزہ نازنینوں کے سانس زندہ کر سکتے ہیں۔۔۔! تم سے احمقوں کی آواز، جو اپنے شباب کو آلودہ و داغدار کر چکے ہوں، اور کسی عورت کا دامن چھُو آئے ہوں۔۔۔ میرے پھولوں میں شگفتگیِ حیات نہیں پیدا کر سکتی، وہ شگفتگیِ حیات جو صرف نوجوانوں کے نغموں کا حِصّہ ہے!۔۔۔ شادی ہو یا گناہ۔۔۔ شباب کی آلودہ دامنی، دونوں جگہ رُونما ہوتی ہے۔۔۔ اِس لئے اب جاؤ، اور عمر بھر اپنے شبابِ رفتہ کا ماتم کرتے رہو۔۔۔"

آخری پھول!

صبح کو، آفتاب کی طلائی کرنوں نے دیکھا کہ لالے کے پاس ایک نوجوان کی لاش پڑی ہوئی ہے۔۔۔ اور لالے کی شاخ پر ایک بُلبل کچھ ایسا ماتمی نغمہ سنا رہی ہے۔

"نوجوان شاعر مر گیا"

"وہ جس کے نغمے بے موسم کے پھول کھلا دینے پر قادر تھے! اور جس کی آواز معصومیتِ شباب سے لبریز تھی"

اُس پر بے صبری کا الزام نہیں لگایا جا سکتا!۔۔۔ اُسے معلوم نہ تھا کہ پھولوں کی شگفتگی کا راز۔۔۔ صرف اُس کی معصومیت میں پنہاں ہے ۔۔۔ یہ اب۔۔ یہاں ایک دائمی، ایک ابدی نیند سو رہا ہے!

اُدھر شہزادی پھولوں کے انتظار میں بیٹھی ہے! اب یہ قیامت تک اِسی طرح سوتا رہے گا۔

دیکھیں۔۔۔ شہزادی کب تک انتظار کرتی ہے "!

بُلبل کا نغمہ ختم ہو گیا، لالے میں کچھ پھول بھی کھل گئے مگر اُن میں وہ شگفتگی و شادابی نہ تھی جسے صرف ایک نوجوان کی معصوم آواز کا خون ہی پیدا کر سکتا ہے۔۔۔!!

(۲) سنگھار کمرے میں!

"سنگھار کمرے "میں قدِّ آدم آئینے کے سامنے کھڑی ہوں۔۔۔ اُس آئینے کے سامنے جس میں اپنا عکس دیکھ کر مغرور ہونا۔ ایک عورت کی فطری خواہش ہوتی ہے اور شاید فطری حق بھی۔۔۔! میں بھی اپنے دل میں غرور کا ایک شدید جذبہ محسوس کر رہی ہوں۔۔۔ مست اور مسرور!

مردوں کی دُنیا میں عورت کا غرور مشہور ہے! عورت، حسین ہو یا نہ ہو، مغرور ضرور ہوتی ہے۔۔۔ اُس کا عورت ہونا ہی اُس کا سب سے بڑا غرور ہے۔ کون ہے جو ایک عورت سے اُس کا یہ غرور چھین سکتا ہے۔۔۔؟؟۔۔۔ پھر اُس عورت کا غرور جو عورت ہونے کے علاوہ فن کار (آرٹسٹ) بھی مشہور ہو۔۔۔ ایک ہر دلعزیز اور محبوب ایکٹرس!!

میری "سنگھار میز" کی درازوں میں کتنے دلوں کی دھڑکنوں کے راز بند ہیں؟۔۔۔ صرف میں جانتی ہوں!۔۔۔ اُن پُرجوش اور ہیجانی اظہارِ عشق سے لبریز خطوط کا حال، کسی کو کیا معلوم، جو مجھے بیسیوں کی تعداد میں ملک کے مختلف حصّوں سے روزانہ موصول ہوتے رہتے ہیں۔۔۔ زیادہ تر جواب سے محروم رکھے جاتے ہیں، اور کمتر، رسید سے سرفراز ہوتے ہیں۔۔۔ صرف رسید سے!۔۔۔ یہ بیوقوف نوجوان نہیں جانتے کہ ایک عورت عُشّاق کی اتنی طویل فہرست کو کیونکر خوش کر سکتی ہے؟؟۔۔۔ لیکن شاید میں نے غلطی کی! وہ سب کو خوش کر سکتی ہے۔۔۔ کیونکہ وہ سب کو بے وقوف بنا سکتی ہے!

میری سہ سالہ فلمی زندگی کیا ہے؟۔۔۔ اِسی تجربے کا محور ہے!۔۔۔ ایک ایسے دلچسپ تجربے کا جس کے اعادہ و تکرار سے غالباً کوئی عورت کبھی نہیں تھک سکتی۔۔۔ کم

از کم میں تو کبھی نہیں تھکی۔۔۔!

لیکن۔۔۔ اِس آئینے کے، اِس شفاف آئینے کے سامنے۔۔۔ میرے اپنے آئینے کے سامنے۔۔۔ آج یہ مجھے کیا یاد آ رہا ہے۔۔۔؟ وہ چیزیں جن کو میں بھلانا نہیں چاہتی، مگر جو اپنی عنایت سے مجھے بھلا چکی ہیں۔۔۔ کیا یہ مجھے اِس لیے یاد آ رہی ہیں کہ میں اپنے آپ کو یہاں بے نقاب دیکھ رہی ہوں۔۔۔!

اِس قدِّ آدم شاندار آئینے کے سامنے، سروَ قد ایستادہ، بااین ہمہ کیف و نخوت ضمیر کی ہلکی سی بھی شرمندگی محسوس کرنا ناقابلِ برداشت ہے!۔۔۔ مگر زندگی۔ وہ زندگی جسے دنیا تلخ و بے کیف کہنے کی عادی ہے۔۔۔ میرے لیے اِس قدر شیریں و سرشار بن چکی ہے کہ میں اِس خلش۔ اِس ہلکی سی خلش کی مطلقاً پروا نہیں کروں گی۔۔۔ میں اِسے فراموش کر دوں گی۔۔۔ میری زندگی ایک عظیم الشان لذّت ہے۔۔۔ اور اِس لذّت کے کیف و نشاط میں۔۔۔ ضمیر، دل یا روح کی ندامتوں کے لیے ذرّہ بھر گنجائش نہیں!

یہ خوبصورت اور دلکش آئینہ بتا رہا ہے کہ میں بھی خوب صورت ہوں۔ اور دلکش!۔۔۔ کم از کم دُنیا کی نظریں مجھے بے حد حسین سمجھتی ہیں۔۔۔ کبھی کبھی سوچتی ہوں کہ یہ غازہ و گلگونہ کی مہربانی تو نہیں۔۔۔؟ لیکن پندارِ حُسن کی ایک خاموش آواز کہتی ہے۔۔۔ "نہیں!" میں واقعی حسین ہوں۔۔۔ مگر کچھ زیادہ مشہور ہو گئی ہوں۔۔۔! یہ میری ہر دل عزیزی ہے!۔۔۔ غالباً۔۔۔ نہیں یقیناً!!

میرا اعلیٰ درجہ کی مغنّیہ ہونا، نُورٌ علیٰ نُور۔۔۔ سمجھنا چاہئے!۔۔۔ دُنیا ایسا سمجھتی ہے۔۔۔ فلم کے پردے پر میرا سراپا نغمہ و رقص بن کر نمودار ہونا۔ تماشائیوں کے سینے میں ہنگامۂ حشر برپا کر دیتا ہے۔۔۔ مجھے اپنی اِس کامیابی کا احساس ہے!۔۔۔ میں اپنی قیمت اچھی طرح جان گئی ہوں!! کیونکہ اب میں وہ بھولی بھالی لڑکی نہیں ہوں، جو آج سے چند

سال پہلے دُنیا، اور دُنیا کی دلچسپیوں سے واقف نہ تھی۔۔۔ ایک نادان دوشیزہ! انجان اور معصوم بھی۔۔۔!

مجھے وہ زمانہ اچھی طرح یاد نہیں رہا۔ اِس لیے نہیں کہ میں اُسے یاد رکھنا نہیں چاہتی۔ بلکہ اِس لیے کہ نہ بھُولنے والی چیزیں، جلد بھُول جاتی ہیں!۔۔۔ لکھنؤ کے چوک کی کسی گلی میں۔۔۔ ہمارا گھر تھا۔۔۔ ایک ٹوٹا پھوٹا مکان جو۔۔۔ شاید آصف الدّولہ کے عہد میں بنا تھا۔۔۔ گھر کی مالکہ نے مجھے یہی بتایا تھا۔۔۔! اپنے موجودہ شان دار مکان کا اُس سے مقابلہ کرتی ہوں تو انقلابِ زمانہ کی تصویر آنکھوں میں پھر جاتی ہے۔۔۔!!

ہمارے گھر کے مکین، صرف دو تھے۔۔۔!! میں اور میری والدہ۔۔۔ جن کی شفقت نے مجھے اپنے موجودہ عروج اور شہرت و مقبولیت کے درجہ تک پہنچایا ہے۔۔۔ میں اپنی تمام تر ترقی کے لیے شاید سب سے زیادہ اُن ہی مرحومہ کی ممنون ہوں۔۔۔ لیکن اِس کے باوجود، ایک معاملے میں ہمیشہ اُن کی شاکی بھی رہی۔ اُنھوں نے کبھی مجھے میرے والد کے نام سے آگاہ نہیں کیا!!۔۔۔ آج۔۔۔ اِس طویل و وسیع آئینہ کے سامنے اپنی سروِ تمثال ہستی کا مقابلہ۔ اُس یازدہ سالہ۔ درمیانہ پیکر سے کرتی ہوں جو لکھنؤ کے "میکدے بے خروش" میں اپنے والد کے متعلق استفسار کرنے پر اکثر اپنی والدہ کو ناراض کر لیا کرتی تھی۔۔۔ تو مجھے بے اختیار ہنسی آجاتی ہے۔

آج مجھے اُن مرحومہ کی خاموشی کا مطلب اچھی طرح معلوم ہے۔۔۔ لیکن اُس وقت۔۔۔ اُس وقت میں بے وقوف تھی۔ مجھے اُن سے ایسا سوال نہ کرنا چاہئیے تھا۔۔۔ ایسا سوال۔۔۔ جو آج میں خوب سمجھتی ہوں کہ کسی "چوک" میں رہنے والی عورت کی کسی لڑکی نے اپنی ماں سے نہ کیا ہو گا۔۔۔!

ہمارے گھر پر بہت کم لوگ آتے تھے۔۔۔ ایک بوڑھا گوّیا رحمت خاں جو میری والدہ

کا بھی اُستاد تھا۔ مجھے موسیقی کی تعلیم دینے آیا کرتا تھا ایک ادھیڑ عمر کا طبلچی جو اُستاد کے ساتھ ہوتا تھا اور تعلیم کے دوران میں طبلہ بجایا کرتا تھا۔۔۔ تین چار اور بوڑھے آدمی۔۔۔ جن کے متعلق مجھے ایک ہمسائی نے بتایا تھا کہ وہ میری والدہ کے بہت پرانے دوست ہیں۔۔۔ اُن شریف آدمیوں کے سوا میں نے کسی کو اپنے گھر آتے نہیں دیکھا۔۔۔ کم از کم کسی نوجوان کو ہر گز نہ دیکھا۔۔۔ درحالیکہ ہماری نوجوان پڑوسنوں کے بڑے بڑے مکانوں پر شہر کے شریف نوجوانوں کا جمگھٹ لگا رہتا تھا۔۔۔ ! موسیقی کے محشر انگیز ہنگامے، ماکولات و مشروبات کی افراط، نوکروں کی آمد و رفت، زیورات کی جھنکار اور ریشمیں و مخملیں ملبوسات کی سرسراہٹیں !!

(۳) پشیمان

"شباب، عصمت، اور دوشیزگی ایک ہی چیز کے تین نام ہیں!"

"جو لوگ اپنی معصومیت کو غارت کر دیتے ہیں، وہ شباب کی حقیقت سے بے خبر رہتے ہیں!"

"جس طرح ایک ایسے پھول کو، جس سے رنگ وبُو چھین لئے جائیں پھول کہلانے کا حق نہیں رہتا۔ اُسی طرح ایک نوجوان کو اُس کی عصمت و دوشیزگی جدا کر لینے کے بعد، نوجوان کہنا حقیقت کا گناہ ہے!"

"ایک نو عمر شخص، اپنی جوانی لُٹانے کے باوجود نو عمر کہلانے کا مستحق ہو سکتا ہے، مگر جوان نہیں کہلا سکتا۔"

"شادی ایک جائز گناہ کا نام ہے اور گناہ گناہ برابر ہیں نتیجہ دونوں کا ایک ہے یعنی، عصمت و دوشیزگی کی بربادی۔"

"شادی دو گناہوں کی ایک متحدہ شکل کو کہتے ہیں جسے مذہب روا رکھتا ہے۔"

"شادی مادّیات کے لحاظ سے، ایک مزید ار سودا ہے جس میں طرفین ایک دوسرے کے ہاتھوں فروخت ہو جاتے ہیں! مگر "اِس مشترک دو عملی " میں "ماہیّتِ شباب " خسارے میں پڑ جاتی ہے۔"

"شادی کرنے والے لوگ، کبھی جوان نہیں ہوتے، اچھے خاصے " آدمی "ہو جاتے ہیں، حالانکہ " آدمیت " محض ایک " حماقت "ہے اور "شباب "ایک روحانی لذّت، ایک

ملکوتی کیفیت اور ایک فردوسی شگفتگی و شادابی کا نام ہے!"

"حقیقتِ شباب کی اچھوتی نزاکتیں، نفسانیت کی ٹھیس کبھی نہیں برداشت کر سکتیں! یہ صرف بشریت کی "مجبورانہ بدذوقی" ہے!"

"شباب کا بہترین مصرف یہی ہے کہ اِسے صرف نہ کیا جائے۔"

"انسان کے لئے بہت سی شریعتیں ہیں مگر شباب کے لیے صرف ایک، اور وہ اُس کی پارسائی ہے۔"

"زہاد و عباد کی پاکبازی، مذہب اور خدا کے خوف سے ہوتی ہے مگر شباب کے قدردانوں کی پاکبازی صرف شباب کے لیے اور یہی اِس کی شعریت کی اوّلین خصوصیت ہے!"

"حقیقت میں نوجوان وہ ہے جو اپنی معصومیت اور پارسائی کو مادّی لذائذ کی آلودگیوں سے داغدار نہیں کرتا۔۔۔ ایسی ہستیاں ہمیشہ جوان رہتی ہیں، جیتی ہیں اور۔۔۔ جوان ہی مرتی ہیں!"

"صباح" کا پرچہ، نشاطی کے ہاتھ سے چھوٹ گیا اور میز پر سے قہوہ کی ایک خالی پیالی کو ساتھ لیتا ہوا رنگین قالین پر آ گرا۔۔۔ سامی بِک کا یہ زبردست مضمون، جس کے اچھوتے بیانات، شباب اور حقائقِ شباب کے بارے میں، ایک عجیب و غریب نظریہ پیش کرنے کے مدّعی تھے۔ نشاطی کی شاعرانہ طبیعت کو مبہوت اور حیران کرنے کو بجلی کی طرح سریع الاثر ثابت ہوا۔ خیالات کے طوفانی ہجوم نے اُسے مہلت نہ دی کہ وہ حسبِ عادت، کتاب کا احترام مدِ نظر رکھتے ہوئے، صباح کو زمین پر سے اُٹھا لیتا، یا قہوہ کی خوشنما گلابی پیالی کے۔۔۔ ٹکڑوں کو جو گلاب کی پنکھڑیوں کی طرح فرش پر بکھر رہے تھے، دیکھتا۔۔۔ کم از کم ایک نگاہِ غلط انداز ہی سے سہی!

اُس کا شعریت پرداز تخیّل، ایک ایسی خواب نما اور نشاط آلود، بہشت کی سیر کر رہا تھا، جس کی نکہت آباد فضاؤں میں، جوانیاں ہی جوانیاں لہرا رہی تھیں! ایک ایسا غبار نما پرستان، جس کی دھندلی، مگر شراب آگیں ہواؤں پر شباب اور صرف شباب کی غیر مرئی، مگر محسوس کیفیتیں تیر رہی تھیں، اُسے ذرا بھی ہوش نہ تھا کہ وہ کہاں ہے؟ قسطنطنیہ میں اپنے آبائی محل میں، یا برلن میں، جہاں سے وہ پورے پانچ سال کے بعد اِسی ہفتہ اپنے وطن واپس آیا تھا۔ اُس کے دماغ کی سطحِ خیالی پر دو آتشیں لکیریں جھلملا رہی تھیں۔ جن پر "شباب" اور "عصمت" لکھا ہوا محسوس ہوتا تھا، دو طوفانی راگنیاں گونج رہی تھیں۔ جن سے "شباب" اور "عصمت" کے الفاظ مچلتے سنائی دیتے تھے!

اب اُس کے دل میں سامی بک کے خلاف ہلکا سا رشک کا احساس پیدا ہوا۔ جس طرح ایک مہین سوئی کی نوک، جسم کو چھو لیتی ہے۔۔۔ کچھ ایسی ہی تلخی آمیز خلش کی شکل میں، سامی بک کا نام اُسے یاد آیا۔۔۔ یہ جدّت آمیز خیالات جو ترکی زبان کے اِس شہرہ آفاق اور ہر دلعزیز شاعر اور ادیب نے ظاہر کیے تھے کیا وجہ ہے کہ نشاطی کی زبانِ قلم سے ادا نہ ہو سکے؟ آخر وہ بھی شاعر تھا، ادیب تھا! نوجوان اور حقیقت میں معصوم نوجوان تھا! پھر یہ کیوں ہوا کہ اب تک اُس کے قیامتِ آشوب نے خود اپنی حقیقت اُس سے چھُپائی؟ ہاں وہ کس لیے نشاطی کی ذہنی فضا میں جھلملا کر، اُس کی زبانِ قلم سے چھلک نہ پڑا؟

۔۔۔ "اور لطف یہ ہے کہ میں تو"۔۔۔ وہ سوچ رہا تھا۔۔۔ "میں تو ابھی تک زندگی کی اُن "بد عنوانیوں" سے بچا رہا ہوں جو اِس سامی بک کے قول کے مطابق، شباب کی عصمت و پارسائی کو غارت کر دیتے ہیں! حالانکہ وہ شادی کی غیر شاعرانہ اور شباب آزار حرکت سے آلودہ دامن ہو چکا ہے! تعجب ہے، ایسا گنہگارِ شباب شخص تو شباب کے تقدّس و

روحانیت کو، اِس طرح حقیقت کی روشنی میں لے آئے اور میں"۔۔۔ اُس نے کسی قدر غصہ کے انداز میں کہا "میں واقعتاً ایک معصومِ شباب ہو کر، شباب کے حقیقی معارف سے بیگانہ ہوں؟ مگر کچھ پروا نہیں"۔۔۔ اُس نے سوچتے ہوئے کہا۔۔۔ "میرے لیے ایک امتیازی فخر اب بھی محفوظ ہے۔۔۔ سچ تو یہ ہے کہ اصل چیز عمل ہے، اور میرے لیے، خدا کا شکر ہے کہ عملی دنیا کا دروازہ اب تک کھلا ہے جس میں سامی بک کبھی داخل نہیں ہو سکتا۔ میں ہمیشہ شادی سے بھاگتا رہا ہوں۔۔۔ زہرہ۔۔۔ اُسے بچپن کی کوئی بات یاد آ گئی۔۔۔ "اب تو زہرہ جوان ہو گئی ہو گی، وہ بھی کیا زمانہ تھا، جب ہم اکٹھے کھیلتے تھے! اب تو وہ پوری عورت ہو گئی ہو گی۔ آج کل لڑکیاں بہت جلد جوان ہو جاتی ہیں۔۔۔ خیر کسی دن جاؤں گا۔۔۔ اوہو! یہ تو میں بھول ہی گیا تھا۔ صباح کے ایڈیٹر اُسی کے۔۔۔ مجھے یہاں آئے، ایک ہفتہ سے زیادہ ہوا مگر میں اب تک اُن سے نہیں ملا، جاؤں گا تو بڑے میاں سر کھالیں گے! نہ معلوم یہ اِتنے بگّی کیوں ہیں؟۔۔۔ خیر، چچا ہوتے مجھے اُن کی عزت کرنی چاہیئے، اور وہ بھی تو مجھ پر کتنے مہربان ہیں! جب میں اُن سے کہوں گا کہ میں نے سامی بک کے خیالات پر عمل درآمد کرنے کی ٹھان لی ہے تو وہ کیسے متعجب ہوں گے!۔۔۔ بیحد متعجب اور کوئی تعجب نہیں، اگر وہ نصیحتوں کے تلخ گھونٹ بھی حلق سے نیچے اتارنا چاہیں! بہر کیف، اب میں اپنی جگہ سے بال برابر تو ہٹوں گا نہیں میں دُنیا کو عملاً دِکھانا چاہتا ہوں کہ شباب کی عصمت کیا ہوتی ہے؟ اور اُسے کیونکر محفوظ رکھتے ہیں؟ انشاء اللہ! اُس نے کسی قدر مسکراتے ہوئے کہا۔۔۔ "وہ دِن دُور نہیں، جب میں لوگوں کے خیالات کے سٹیج پر ایک "فرشتہِ شباب" بن کر نمودار ہوں گا۔۔۔ اور اپنے تئیں اِس بات کا مستحق بناؤں گا کہ دُنیا بھر کے افسانہ نگار اور شاعر اپنی رومانی روایات میں مجھے ایک "رب النوع" کی حیثیت سے یاد کریں! مگر۔۔۔ دُنیا سے کیا غرض ہے؟ مجھے تو صرف اپنی ذات، اور اپنے

شباب سے سروکار ہے، خیر جہاں یہ شعریت، میرے شباب کو چار چاند لگا دے گی، وہاں کیا ہرج ہے، اگر دُنیا کی بد مذاقی کی آنکھوں میں چکا چوند پیدا کر دے۔۔۔ بہر حال اب مجھے چچا نیازی سے ضرور ملنا چاہیے۔۔۔

"آفندم! کیا اور قہوہ حاضر کیا جائے؟ ایں یہ تو۔"

ایک حبشی خواجہ سرا کی آواز، کمرہ میں گونج اُٹھی اور وہ پیالی کے ٹکڑے اُٹھانے لگا۔

"اے۔۔۔! تجھے معلوم ہے نا، چچا نیازی نے نیا مکان کہاں بنوایا ہے؟ سُنا برخوردار! نشاطی نے حسب عادت مذاقیہ لہجہ میں کہا اور حبشی غلام نے اِس عزّت افزائی پر خوش ہو کر دانت نکال دیئے۔

کیوں آفندی! کیا اپنی دلہن کو دیکھنے جایئے گا؟ منہ لگے خواجہ سرا نے پوچھا اور پھر اپنے سیاہ ہونٹوں سے سپید سپید دانت چمکاتے ہوئے پیالی کے ٹکڑے اُٹھانے لگا۔ "ابے دلہن کیسی؟ بدمعاش کہیں کا!"۔۔۔ نشاطی نے ایک ڈانٹ بتائی۔

"آفندی! یہاں تو سب میں مشہور ہے کہ آپ کی شادی۔۔۔"

"چل دور ہو پاجی! جا کے موٹر باہر نکال۔"

اور خواجہ سرا بدستور خواہ مخواہ، دانتوں کی نمائش کرتا ہوا کمرہ سے باہر نکل گیا۔

(۴) ایک خط لکھنا ہے!

رات کے چار بجے ہیں اور کوکب جو ابھی ابھی چوروں کی طرح اپنے مکان میں داخل ہوا ہے۔ ایک خط لکھ رہا ہے اُسے ایک خط لکھنا ہے! صرف ایک خط مگر کتنا اضطراب انگیز۔۔۔ وہ سوچتا ہے۔ پھر لکھتا ہے۔ کبھی لکھتا ہے۔ پھر سوچتا ہے۔ اور زیادہ تر ایسا ہوتا ہے کہ نہ سوچتا ہے، اور۔۔۔ اور نہ لکھتا ہے۔۔۔ صرف کسی دیوانے کی طرح بجلی کے قمقمے کو ٹکٹکی لگا کر دیکھتا ہے۔ اور لمحوں تک دیکھتا رہتا ہے۔

کیا کسی کو معلوم ہے کہ اُسے اِتنا اضطراب کیوں ہے؟ کیا کوئی جانتا ہے کہ وہ اِن دیوانگی آمیز خیالات میں کیوں منہمک ہے؟ شاید وہ خود جانتا ہے۔ اور اُس کے لیے یہ جاننا اور زیادہ تکلیف ہے۔ لیکن بہر حال وہ خط لکھ رہا ہے اور اُس کی حالت۔ بے چین۔ گھبرائی ہوئی۔ مجنونانہ حالت کہہ رہی ہے کہ اُسے صرف خط ہی لکھنا چاہیئے۔ آہ، یہ خط لکھنا۔۔۔ یہ بھی تو ایک فن ہے! ایک صنعت ہے! مگر اُس کی صورتِ حال گواہ ہے کہ یہ اُس کے لیے نہ فن ہے نہ صنعت، بلکہ ایک مصیبت ہے جس کا اندازہ کسی کو نہیں ہو سکتا۔ ایک ماتم ہے جس میں اُس کا کوئی شریک نہیں ہو سکتا مگر وہ کیا کرے اُسے خط لکھنا ہے! اُسے خط ضرور لکھنا ہے!۔۔۔

وہ اب "مے و مینا" کی "یاریوں" کا عادی نہیں رہا۔ کبھی کبھی اختر شماریوں میں ضرور مصروف رہتا ہے۔ مگر آج یہ آزاد۔ مگر ہر ایک کے "گرفتارِ نظر" ستارے بھی اُس کی دسترس سے باہر ہیں۔ وہ اپنے مکان کی چھت پر نہیں جا سکتا۔ وہ آج تمام رات کے لیے

امر تسر گیا ہوا ہے۔ اُس کے گھر والے یہی سمجھتے ہیں۔ اُس نے اپنے گھر والوں کو یہی کہا تھا۔ اُس نے غلط بھی نہیں کہا تھا۔ جس حد تک بہانہ بنانے کا تعلق ہے۔ اُس نے بالکل ٹھیک کہا تھا۔ امر تسر جانے کے معنی ہیں گھر سے باہر رہنا اور وہ گھر سے باہر "رہنے" کے لیے گیا تھا۔ اُسے ذرا بھی اندیشہ نہ تھا کہ وہ ایک گھنٹے میں اپنے "خیالی امر تسر" سے واپس آ جائیگا۔ اُسے کیوں اندیشہ ہوتا وہ اِس سے پہلے بھی۔۔۔ مگر یہ "کئی سال" پہلے کی بات ہے !۔۔۔ ایسے ہی "خیالی امر تسر" میں دو راتیں۔۔۔ دو شاداب اور پُر کیف راتیں بسر کر چکا تھا! ایسی راتیں جو بوئے گل سے زیادہ لذیذ۔ مگر ساتھ ہی بوئے گل سے زیادہ سریع الاثر اور فانی ہوتی ہیں۔ فانی بھی ایسی کہ جن کی توقع خود فنا ہونے کے بعد بھی ممکن نہیں۔

ہائے وہ راتیں کہ جو خوابِ پریشاں ہو گئیں !۔۔۔

دنیا اِن راتوں کے وسیع، وسیع اور دلچسپ۔ دلچسپ اور حسین۔ حسین اور خواب گوں [صحیح لفظ یہ ہے !] حیثیت کا اندازہ نہیں کر سکتی۔۔۔ دنیا کی کیا بات ہے۔ شاید وہ ہستی بھی نہیں کر سکتی جو کوکب کی راتوں کا "موضوع" اُس کی نیندوں کا "عنوان" اور اُس کے خوابوں کی "بہشت" ہے۔

ہاں تو مدّتوں کے بعد اُسے ایک ایسی ہی رات کے حصول کی توقّع تھی۔ برسوں کے بعد وہ اپنی اُس "روحِ افکار" کو متجسّم" و متشکّل دیکھنا چاہتا تھا۔ مگر اُس نے نہیں دیکھا! اُسے شکایت تھی کہ وہ نہیں دیکھ سکا! تو کیا اُس کے ساتھ ظلم ہوا؟ کیا اُس کی راتوں کے۔ اُس کی برسوں کی راتوں کے تمام پریشان خوابوں کی کوئی تعبیر نظر نہیں آتی؟ کیا اُس کی "حسرتوں" کو اُس کی "تمنّاؤں" کو اُس کی آرزوؤں کو بے رحمی کی ایک غضبناک ٹھوکر سے کچل دیا گیا؟۔۔۔ اُس کی پھٹی پھٹی آنکھیں اُسکی وحشت ناک نظریں۔ اُس کی دیوانہ وار طرز۔ اُس کی آہیں (گو وہ بہت کم آہیں بھرتا ہے) یہ سب بتلا رہی ہیں کہ اُس کے

ساتھ بے انصافی کی گئی ہے اُس کے ساتھ ظلم کیا گیا ہے۔ مگر وہ کیا کرے؟ وہ کچھ نہیں کر سکتا۔ صرف ایک خط لکھنا ہے اور۔۔۔ بے چارہ یہی کر رہا ہے۔ اُس کا خط پورا ہو جانا معجزہ ہو گا! مگر اِس معجزے کی تکمیل کی دعا کون کرے؟

کوکب نے آٹھ سال پہلے ایک خواب دیکھا تھا۔ ایک حسین، لذیذ، مگر اِن عارضی اور بے معنی الفاظ سے زیادہ صحیح یہ کہ "خواب نما خواب"۔۔۔ اُسے توقع تھی کہ وہی خواب آج اُس کی حسرت زدہ نظروں کو پھر نظر آ جائے گا۔ مگر اُس نے یہ "خواب" دیکھ کر جب غور کیا تو معلوم ہوا کہ یہ "خواب" بھی اب بجائے خود "خواب" ہو گیا ہے!

بیدل اور غالب بڑے معنی آفرین اور "نازک خیال" سمجھے جاتے ہیں مگر کوکب کے اِس "خواب نما خواب" کے خیال کے معنی نہیں سمجھ سکتے۔ء

جس کے دل پر یہ گزرتی ہے وہی جانتا ہے!

اور چونکہ کوکب کے دل پر یہ سب کچھ گزرا ہے۔ اِس لیے اِس سے بڑھ کر اِن "خواب نما حقائق" کو کون جان سکتا ہے؟!

اُس کے خیالات کی رفتار کا اندازہ کسی کو نہیں ہو سکتا۔ اگر ہو سکتا۔ اگر ہو سکتا تو معلوم ہوتا کہ اُسکے تمام اضطراب میں مسرّت کا ایک ہلکا سا جزو بھی شامل ہے۔ یہ مسرّت کیا چیز ہے؟ روح کے ایسے ایک ایسے دلچسپ "اضطراب" کا نام ہے جو بذاتِ خود "تکلیف دہ" ہوتا ہے مگر بظاہر قدرے خوشگوار معلوم ہوتا ہے لیکن کوکب کا، اُس کی روح کا یہ اضطراب ساکن سا ہے! اُس کے "طوفانی تموّج" میں "سست رفتاری" نظر آتی ہے! اِس سستی کے یہ معنی ہیں کہ اضطراب کافی نہیں! اور اضطراب کافی نہ ہونے کا یہ مفہوم ہے کہ وہ مسرور قطعی نہیں! آہ! وہ مسرور کیوں کر ہو سکتا ہے! اُسے اُس کی اُمید کے خلاف چند لمحے دیے گئے اور وہ بھی بڑی ہی بے دردی سے فوراً چھین لیے گئے! اُن لمحاتِ رنگیں

کو کس نے لُوٹا؟ اُن خوشگوار ساعتوں کو کس نے غارت کیا؟ وہ کسی "اور" کی آواز تھی۔ مگر وہ اُس کا ذمّہ دار اپنی اُسی "ساعتِ شیریں" کو سمجھتا ہے جسے وہ خط لکھ رہا ہے۔ مگر جسے اُس کا متالّم دل۔ اُس کی متاسف روح خط لکھنا نہیں چاہتی۔ کیونکہ وہ اُس سے ناراض ہونا چاہتا ہے۔ مگر سوال یہ ہے کہ وہ کرے کیا؟ وہ خط لکھنے کے سوا کیا کرے؟

اُس کی قلبی مسرّت کا جس حد تک تعلّق ہے وہ اِس شعر سے ظاہر ہو گی جو اُس نے "سرنامے" کی جگہ لکھا ہے۔ء

جلوہ دیکھا تری رعنائی کا

کیا کلیجہ ہے تماشائی کا!"

وہ یقیناً "ایک "سادہ پُرکار بچی" کے سحر جمال سے مسحور ہو رہا ہے! وہ اپنی مظلومیت اپنی بے کسی۔ اپنی بے بسی اور اپنی "بے زبانی کے ہاتھوں مجبور ہے! آخر وہ کیا کرے؟ وہ نا شکر گذار نہیں! وہ اُس کی جھلک اور اُس ایک "یک لمحی "لمعۂ حُسن کا ممنون ہے! مگر جس حد تک ممنون ہے! اُس سے زیادہ پریشان! کیونکہ یہ جھلک! یہ تجلّی یہ لمعہ! بالکل عارضی ثابت ہوا۔ خندۂ گل اور تبسمِ شرار کی طرح! چشمکِ برق اور سایۂ ابرِ بہار کی طرح! اور اب۔۔۔ اب وہ پھر قلم رکھ دیتا ہے! اب وہ پھر بحرِ خیال میں مستغرق ہو جاتا ہے!! اُسے حسرت ہوتی ہے کہ "وہ" بھی اُس کے ساتھ اُسی کے بحرِ خیال میں غوطہ زن ہوتی! مگر آہ یہ ناممکن ہے! دنیا میں دو دلوں کا جذبۂ محبت یکساں ہو سکتا ہے۔ مگر خیالات یکساں نہیں ہو سکتے! پھر وہ کیا کرے؟ وہ اُسے کہاں سے لائے؟ وہ اُسے کیونکر اپنا ہم خیال بنائے؟ وہ اُسے کس طرح "یک جان دو قالب" کی "مہمل" مثال کے مطابق پائے؟ (مہمل اِس لیے کہ ایسا کبھی سنا نہیں گیا!)

۔۔۔اور۔۔۔ وہ تنہا بھی تو نہیں ہے! اُس کا "شوہر" موجود ہے! کوکب کو اُس کی

موجودگی سے کتنی ہی الجھن کیوں نہ ہو وہ موجود ہے تو کیا فطرت سے جنگ کرے ؟ کیا اِسے فطرت کی بے رحمی کا پہلے تجربہ نہیں ہوا؟ آہ! جو فطرت "یوسف کے بھائیوں" کو تباہ نہیں کر سکتی وہ "عزیزِ مصر" کا کیا بگاڑ سکتی ہے ؟ یہ فطرت ایک عجوزۂ کہن سال ہے ! بے رحم! بے درد! بے حیا! اور بے حمیّت! اُس کی نظروں میں ماہ وماہی کی حیثیت یکساں اور مہ ومہر کی عزت برابر ہے !۔۔۔ بدمذاق! اِبے ہودہ اور "غیر ضروری!" (غیر ضروری ہونا سب سے بڑی برائی ہے !) خیر یہ فطرت تو یونہی ہے اور یوں ہی رہے گی! مگر کیا وہ دونوں اِس کے خلاف کچھ نہیں کر سکتے ؟ کیا وہ دونوں کسی ڈوبتے ہوئے تیراک کی طرح اِس کی بے پناہ موجوں کا تھوڑا سا بھی مقابلہ نہیں کر سکتے ؟ کیا وہ دونوں کسی "لنگرِ شکستہ" اور "نا خدا خفتہ" کشتی کی مانند چند لمحہ تک بھی اپنا "خیالی ثبات" (کہ یہ بھی ایک چیز ہے) یا "ثباتِ خیال" قائم نہیں رکھ سکتے ! وہ دونوں یقیناً رکھ سکتے ہیں مگر اِس شرط سے کہ وہ دونوں ساتھ ہوں !۔۔۔ تو کیا اُن دونوں کا ساتھ ہونا ممکن ہے ؟ ممکن تو ہے مگر اُن دونوں میں سے اگر، ایک راضی ہو! ایک نمبر کی دعا ہی یہ ہے۔ مگر ایک نمبر کو کون راضی کرے ؟۔۔۔ کیا دنیا! یہ مہمل وبے معنی دنیا اِنہی "عنوانی" یا "موضوعی" "تمہید کے مباحث کا شکار نہیں ؟۔۔۔ اگر یہ صحیح ہے (اور یقیناً صحیح ہے) تو اِنتہا تک پہنچنا معلوم! آخر یہ اِسی دنیا کے ایک فرد کی آواز ہے۔

نہ ابتدا کی خبر ہے نہ انتہا معلوم!

بس ایک "بے خبری" ہے سو وہ بھی کیا معلوم!

بایں ہمہ بے خبری، وہ اتنا جانتا ہے کہ اُس نے سرنامے پر یہ شعر غلط نہیں لکھا

"جلوہ دیکھا تری رعنائی کا!

کیا کلیجہ ہے تماشائی کا؟"

اِس شعر کے ساتھ ساتھ وہ یہ بھی سوچ رہا ہے کہ آج سے سات یا آٹھ سال پہلے شاید کبھی بھی اِس شعر کو استعمال نہ کرتا۔ کیونکہ اُس وقت حالات نے اُسے اپنی "محبوبہ" کو اچھی طرح دیکھنے کا موقع ہی نہ دیا تھا۔ اُس نے بالکل تاریکی میں اُسے دیکھا تھا(اگر تاریکی میں کوئی کسی کو دیکھ سکتا ہے!) با الفاظِ دیگر اُس کی روحی و دلی آنکھوں نے اُسے دیکھا تھا۔ مگر آج۔۔۔ آج کی رات اُس نے بجلی کا قمقمہ روشن کر دیا تھا۔ اور اُسے روشن کرنے کے بعد وہ کس طرح آگے بڑھی تھی۔ ایک خوشبوئے رواں! ایک نکہت خراماں! اور ایک شعاعِ رقصاں کی طرح!! اُسے یہ تشبیہیں پامال معلوم ہوئیں۔ مگر لطف ضرور آیا۔۔۔ یہ تشبیہیں اُس کے خیالات کی ترجمانی کر رہی ہیں۔ اِس لیے وہ اُن کی پامالی کے باوجود مسکرا رہا ہے۔۔۔ یہ مسکراہٹ تشبیہوں کی صداقت اور موزونیت کی تائید ہے ۔۔۔!

اور پھر وہ سوچ رہا ہے۔ سوچ رہا ہے اور ہنس رہا ہے! ایک غمناک ہنسی! پھیکی! بے کیف! مگر معنی خیز! اب وہ اپنی اِس قیمتی مگر "محدود "رات کی شیرینی و تلخی اور رنگینی و غمگینی کے متعلق ایک مصرعہ گنگنا رہا ہے۔

"آج کی رات اُف او میرے خدا آج کی رات!"

کسے اُمید ہو سکتی تھی کہ وہ "آج کی رات " کے متعلق اِس قدر "بے خودی "کا اظہار کرے گا؟ مگر وہ اِسی بے خودی میں کھویا ہوا ہے! مست سرشار اور دیوانگی کے تمام لوازم کے ساتھ! اب اُس نے قلم رکھ دیا! اپنے خشک "ہونٹوں "کو "چوسا "ہم اِسے ہونٹ پر زبان پھیرنا نہیں کہہ سکتے! وہ اِس بے تابی و استغراق سے اِس وار فتگی و اِشتیاق سے اپنے "زیریں لب "کو چوس رہا ہے گویا یہ اُس کا لب نہیں! کسی "اور "کا ہے! اب ایک "بازاری "مثال اپنے حال کے مطابق اُسے " قال "کی شکل میں نظر آئی اور وہ پھر مسکرا دیا۔

"گویا رسید بر لبِ زیب النّساء لبم!

آہ! اِس "گویا" کی سحر کاریِ وقت نے اُسے پھر بے خود کر دیا اور اُس نے پھر اپنے مصرع کو پڑھا! کسی قدر لحن مگر زیادہ تر بغیر الفاظ کے ساتھ

"آج کی رات ہے یا ہے مرے معراج کی رات"

اِس تغیرِّ الفاظ کے خیال یا عمل پر وہ پھر مسکرایا۔ اُس کی نظروں میں ایک تصویر پھر گئی! ایک چلتی پھرتی تصویر! جو اِس طرح معلوم ہوئی۔ معلوم ہونے سے زیادہ محسوس ہوئی۔ گویا "تاج محل" نے ایک حسینہ کی شکل اختیار کرلی۔ مگر "تاج محل"۔۔۔ با ایں ہمہ عظمتِ فن ایک اور "حسینہ" کی قبر ہے! وہ اپنی "زندہ محبوبہ" کے لیے اِس مثال کو کیونکر گوارا کر سکتا ہے؟ یہ اُس کی "محبوبۂ شیریں کار" کی سخت توہین ہے۔ اِس کی بجائے وہ کیوں نہ سوچے، وہ کیوں نہ سمجھے کہ یہ تاج محل کی چلتی پھرتی تصویر نہ تھی۔ کسی مصوّر کی تصویر تھی جو اُس کے البم سے نکل کر لاہور کی ایک شاندار عمارت میں چلتی پھرتی آ گئی!۔۔۔ آگئی اور کسی بھُولے ہوئے خیال کی طرح یک لخت یاد آکر تڑپا گئی! کسی لمحۂ حسین کے فراموشی کی حالت سے نکل کر زندگی، یاد اور تازگی کی حالت میں اُس کے ذہن کی فضا میں لہرا گئی! اُسے ایسا محسوس ہوا جیسے کوئی فرشتہ اپنی تمام معصومیتوں اور "دیوتائیتوں" کے ساتھ سامنے آگیا ہو!۔۔۔ لیکن کیا وہ واقعی کوئی فرشتہ تھا۔۔۔ اُس نے غور کیا تو یہ مثال بھی اُسے بری معلوم ہوئی! "فرشتہ" ایک "مذکّر" یہ اُس کی توہین ہے! وہ یہ کیوں نہ محسوس کرے کہ کوئی بہشتی حور تھی جو اُمیدوں کی طرح مسکراتی ہوئی! اور کامیابیوں کی طرح رقص کرتی ہوئی اُس کے آغوش میں چلی آئی! مگر آغوش میں آنے کا واقعہ تو بعد کا ہے! پہلے تو ایسا نہیں ہوا تھا! اُس نے ایک لرزشِ روحی کے ساتھ پھر اپنے ہونٹوں کو "چوسا"۔۔۔ اور پھر سر جھکا لیا! اُسے یہ کیا یاد آرہا تھا؟ کسی کے "ہونٹوں" کی "خفگی" "رمید گی

"اور شاید، کشید گی"! لیکن اتنے حسین وشاداب ہونٹوں کے لیے یہ الفاظ مناسب نہ تھے! اُس کی نظروں کے سامنے ایک "تیتری" آگئی۔ جس کی "رمید گی" نے اُسے اپنی محبوبہ کے ہونٹوں کے "گریز" کی یاد دلا دی مگر کہاں وہ ہونٹ! وہ نرم یاقوت! لچکتے ہوئے ہیرے! جن میں سرخی کا حِصّہ زیادہ تھا! اور کجا وہ "ورقِ رنگ" وہ تتلی! صرف ایک عکس! موہوم! مبہم! آہ! وہ ہونٹ اب اُسے کیوں یاد آرہے ہیں؟ "وہ جانتا ہے کہ یہ کیوں یاد آرہے ہیں!" وہ پھر مسکرایا "اُسی کا جاننا کافی ہے! کافی۔۔۔!! کتنا حقیر اظہار ہے اپنی اُمیدوں کا! وہ یہ کیوں نہ کہے کہ صرف اُسی کو جاننا چاہیئے مگر اُس لمحۂ حسین سے پہلے کیا ہوا تھا؟ وہ کمرے میں ایک لمحے کے لیے روشنی ہونے پر (ایک علامت) ٹھٹھک کر رہ گیا تھا۔ یاس و امید کی دو عملی میں یکایک انقلاب پیدا ہوا۔ وہ تیزی سے اُس کمرے کے قریب گیا۔ دروازہ آہستہ آہستہ کھلا۔ چق ہٹی! اور اُس نے ایک "نا قابلِ فہم غرور" کے ساتھ اپنا ہاتھ آگے بڑھا دیا کسی نے اُس کے ہاتھ میں ہاتھ دیا اور اوپر (صرف تین سیڑھیوں کے اوپر کھینچنے کی کوشش کی، پہلے اُس نے اِس آہستگی سے اُس سہارے کے ساتھ سیڑھیاں چڑھنے میں رکاوٹ ڈالنی چاہی۔ وہ چاہتا تھا کہ کوئی اُسے اوپر کی طرف کھینچے اور وہ کھینچ نہ سکے۔ اِس میں بھی ایک لذّت تھی! شائد ہی کوئی مرد ہو گا جو اِس لذّت کو نہ جانتا ہو۔ مگر دفعتاً اُس نے کسی نازنین کے ہاتھ کی نزاکت کا اندازہ کیا اور۔۔۔ اُسی وقت اُسے ایسا محسوس ہوا گویا وہ ہوا میں پرواز کر رہا ہے اور پھر۔۔۔ وہ کس آسانی سے ایک برگِ گل کی طرح۔۔۔ ایک نکہتِ بے وزن کی طرح۔ دروازے میں پہنچ گیا۔ اب اُس کے ہاتھ نے کوئی اور ہاتھ۔۔۔ کسی اور کا ہاتھ ایک نرم و نازک چیز کی طرح اپنی گرفت سے نکلتا ہوا محسوس کیا۔ اور ساتھ ہی اونچی ایڑی کے زنانہ بوٹ کی "کھٹ کھٹ" سنائی دی۔ کوئی کمرے کے پچھلے حصے کی طرف لوٹ رہا تھا۔۔۔ وہ جہاں کا تہاں کھڑا رہا۔۔۔ اور یک بیک ایک تیز برقی قمقمے

نے تمام کمرے کو "زندہ" کر دیا۔۔۔ زندہ اور روشن! اب وہ سوچتا ہے کہ خط میں اپنے اُن احساسات کو قلم بند کرے جو اُس کے دل میں اُس وقت پیدا ہوئے جب روشنی نے ایک "سروِ سیاہ پوش" کو یک بیک کمرے کی فضا میں نمایاں کر دیا! مسّرت کے کسی فوری جذبے کی طرح! لذّت کے کسی وقتی خیال کی طرح! مگر اِس حیرت انگیز نظارے کی صراحت کے لیے اُسے الفاظ نہیں ملتے۔ ادب درماندہ معلوم ہوتا ہے اور شاعری عاجز، صحیح احساسات کو ظاہر کرنے کے لیے کوئی لغت اُس کی امداد نہیں کرتا۔ صرف ایک مصرعہ اُسے یاد آرہا ہے۔

مشک آگیں تابداماں عنبر افشاں تا کمر!

مگر یہ بھی صرف اُس "خوشبوئے رواں" کی ایک ہلکی سی جھلک کا ایک ہلکا سا اظہار ہے۔ دوسری رعنائیوں کا اظہار کیونکر ہو؟ وہ پھر اپنے احساس کا جائزہ لیتا ہے اگر وہ یوں لکھے کہ دنیا بھر کی رعنائیاں ایک مجسمے کی صورت میں جمع ہو گئی تھیں تو کیا اظہار کا حق ادا ہو جائیگا۔ نہیں! اُس نے عاجزی اور بے بسی سے گردن ہلائی اور پھر الفاظ کی بے کسی پر مسکرا دیا۔ اُسے اِس کی کوشش نہیں کرنی چاہیے!

خاموش از ثنائے تو حدِّ ثنائے تست!

یہ مصرع اُس کی پریشانیوں کے لیے کسی قدر سکون کا باعث ہوا۔ آخر اُسے اپنے درد کی دوا حافظ و خیّام کی زبان میں ملی اور وہ۔۔۔ وہ اپنی اُردو پر کتنا مغرور تھا! مغرور ہے۔ اب بھی ہے! مگر اُردو کے قافیہ پیما شاعروں کی شاعری پر نہیں بلکہ اپنے مذاق، اپنے تخیّل اور اپنے اظہارِ بیان پر! گو آج وہ اپنے صحیح خیالات کا اظہار کرنے سے اپنی محبوب زبان کو عاجز پاتا ہے لیکن۔۔۔ اِس لیکن کے آگے اُس کے خیالات کی رفتار رک گئی۔۔۔ آخر وہ کسی کے حسن و جمال کی تاثیر کو ظاہر کرنے کی کیوں کوشش کرے؟ وہ جانتی ہے کہ اُس کا

"دلدادہ "اُسے اپنی تمام تمناؤں کے مطابق سمجھتا ہے !--- کتنے معمولی الفاظ ہیں! "تمناؤں کے مطابق ہونا!" مگر کیا واقعی معمولی ہیں۔ نہیں۔ اِن سطحی الفاظ میں وہ تمام معانی پوشیدہ ہیں جو ایک محبت آشنا دل چاہتا ہے کہ اُس کا معنوی مخاطب سمجھے! گو دنیا اُن کو نہ سمجھے گی۔ مگر وہ دنیا کو کیوں سمجھائے؟ دینا کی اُسے کیا پرواہے--- اب پھر خیال کی رفتار اُسے اُس کے حریمِ ناز میں لے گئی۔ وہ اُس کے حسن و شباب کی کیفیتوں کو ظاہر نہ کر سکا تو کیا ہوا؟ اپنی سر خوشیء خیال کو اُس سے کون چھین سکتا ہے۔ اپنی سر شاریء وصال کو اُس سے کون دُور کر سکتا ہے؟--- مگر کیا وہ اِس خط میں یہ بھی ظاہر کر دے؟ شاید وہ برا مانے! شرمائے! حیا کی فریادی نظر آئے--- اور اب اُسے وہ جھکی ہوئی نظریں یاد آئیں جو تین گھنٹے پہلے اُسے نظر آئی تھیں۔ اُن جھکی ہوئی نظروں کے متعلق اُسے کئی باتیں سوجھیں یہ نظریں--- یا آنکھیں (وہ سوچ رہا ہے کیا لکھے!) بہر حال آنکھیں یا نظریں اُس وقتی روشنی میں اُسے دو معصوم حوروں کی طرح "محسوس" ہوئیں۔ دو حوروں کی یکجائی تصویر کی طرح۔ جس کی عقبِ پشت ایک شرمائی ہوئی مسکراہٹ تھی! جو عارضوں پر رقصاں تھی اور اب وہ سوچتا ہے شرمائی ہوئی نگاہیں زیادہ قیمتی ہوتی ہیں یا مسکراتے ہوئے رخسار؟ پھر وہ اِس نتیجے پر پہنچا ہے کہ "نگاہِ انفعال "زیادہ ہلاکت آفرین ہوتی ہے! مگر کیوں؟ اِسلیے کہ وہ ہمیشہ نظر سے دور رہتی ہے۔ اور غائب از چشم چیزیں فطرتِ انسانی کو ہمیشہ زیادہ دل پسند ہوتی ہیں۔ مگر کیا یہ اُس کے پُر تبسّم عارضوں کی توہین نہیں--- وہ اِس فیصلے پر پہنچا کہ اُس کے نزدیک دونوں خاص اہمیت (اور یہ اہمیت اُس معاملہ میں یکسر "حسن" ہے!) رکھتی ہیں۔ کیا اِن بحث آرائیوں سے زیادہ قابلِ غور یہ بات نہیں کہ جس طرح وہ نظریں اُس کے لیے جھکی ہوئی تھیں اور اِس لیے "اُس کے لیے" تھیں۔ اُسی طرح وہ عارضی تبسّم (اور تبسّم وہی دل کشی رکھتا ہے جو عارضی ہو!) بھی اُس کی آمد کا اُس

کے خیر مقدم کا اظہار تھا اور یقیناً اُس کی ملکیت تھا۔ دنیا کی کوئی طاقت اُسے اپنی اِن "ملکیتوں" سے محروم نہیں کر سکتی۔ مگر آہ! یہ کیسا مایوسانہ خیال ہے جو اَب اُس کے دل میں خلش پیدا کر رہا ہے۔ وہ ایک اور مرد کی بیوی ہے! کاش یہ مرد وہ خود ہوتا۔ اور اب پھر ایک گہری آہ! ایک افسردہ تبسّم! ایک مضطرب نگاہ! "وہ اُس کی ملکیت نہیں "اُس کا جسم دوسرے کی ملکیت ہے۔ لیکن وہ اُس کی "روح کا مالک" ضرور ہے۔ اُس نے خود بھی تو اپنے آخری خط میں اِس کا اعتراف کیا تھا۔ وہ ایک معصوم بچے کی طرح مسکرا دیا "وہ حسین ہونے کے ساتھ ساتھ کتنی شریف ہے ! ""اُس کی شرافت کتنا بڑا حسن ہے " مگر اِس حُسن کو صرف وہ دیکھ سکتا ہے۔ دنیا کی نگاہیں اِس قسم کے حُسن کو عام طور پر نہیں دیکھتیں اور زیادہ تر نہیں دیکھ سکتیں۔ اُس کے لیے اِس محرومی میں بھی، اِس مایوسی کے باوجود، اِس دائمی تنہائی کے ہوتے ہوئے بھی سامانِ غرور موجود ہے۔ اب وہ اپنے آپ کو مغرور محسوس کرتا ہے مگر یہ غرور کس کا عطیہ ہے ؟ اُس بے رحم لڑکی۔۔۔ اب وہ سوچتا ہے کہ اُسے لڑکی لکھے یا عورت۔۔۔ اُسے یاد آتا ہے کہ وہ اب اپنے لیے لڑکی کا لفظ پسند نہیں کرتی۔۔۔ مگر کیوں ؟ شاید اِس لیے کہ لڑکی کے ساتھ قدرتاً بے وقوف کا لفظ چسپاں۔۔۔ محسوس ہوتا ہے۔۔۔ اُس نے اپنے گزشتہ خط میں اپنے لیے "عورت "کا لفظ استعمال کیا تھا۔ وہ اب عورت ہے ! مکمل عورت ! مگر یہ عورت !۔۔۔ اُسے یاد ہے۔ اچھی طرح یاد ہے کہ ابھی۔۔۔ آٹھ سال پہلے وہ ایک سولہ سالہ لڑکی تھی۔۔۔ صرف آٹھ سال کی مدّت نے ایک دوشیزہ کو عورت کی صورت میں منتقل کر دیا۔ دوشیزہ سے عورت۔۔۔ اور اب اُسے یاد آیا کہ صرف یہی انقلاب پیدا نہیں ہوا۔ بلکہ اُس سے کہیں زیادہ ظالمانہ طور پر وہ ایک لڑکی۔۔۔ ایک معصوم لڑکی کی فضا سے نکل کر۔۔۔ ایک بیوی بن چکی تھی۔۔۔ بیوی۔۔۔ اُس کی نہیں کسی !۔۔۔ کسی اور خوش نصیب کی۔۔۔ اُسے اِس

خیال سے پھر رنج ہوا۔ ویسا ہی رنج جیسا عام طور پر اُسے ہوا کرتا تھا۔۔۔ یہ رنج غصّے سے بدلا اور اُس نے سوچا وہ اُسے خوش نصیب نہیں کہے گا۔۔۔ کیوں؟۔۔۔ اِس لئے کہ وہ واقعی خوش نصیب تھا۔۔۔ وہ اُسے "بد معاش" کیوں نہ کہے۔۔۔۔۔۔ مگر یہ اُس کا پیار کا تکیہ کلام تھا۔۔۔ وہ اُسے "بیوقوف"۔۔۔ بلکہ "ذلیل" کیوں نہ کہے۔۔۔ مگر کیا وہ اِن گالیوں کو پڑھ کر ناراض نہ ہو گی۔۔۔؟ کیا وہ اپنے "شوہر" کے لیے۔۔۔ شوہر"!! آہ یہ کتنا درد ناک خیال ہے۔۔۔ مجبوری اور بے بسی! لاچاری اور بیچارگی اُسے پھر سر جھکانے پر مجبور کر دیتی ہے۔۔۔ وہ اُس کے شوہر کو کتنی ہی گالیاں کیوں نہ دے! کتنا ہی بُرا کیوں نہ کہے۔ مگر وہ اُس کے شوہر کو اُس کا شوہر ہونے سے محروم نہیں کر سکتا!

اور اَب اُسے پھر اپنی "میزبان" کی "شرافت" کا خیال آیا۔۔۔ اُس نے اُس سے ملنا گوارا کیا۔۔۔ یہ کتنی بڑی بات ہے!۔۔۔ وہ کتنی رحم دل ہے! وہ کیسی ہمدرد ہے! اور ابھی۔۔۔ کچھ دیر پہلے وہ اُسے بے رحم کہہ رہا تھا۔۔۔ بے رحم، بے درد۔۔۔ اور سنگ دل۔۔۔ مگر اُس نے غلطی کی۔۔۔ وہ غلط سمجھ رہا ہے۔۔۔ کیا وہ بے رحم، بے درد اور سنگ دل نہیں۔۔۔؟ ایسی نہ ہوتی تو اُسے آج سے آٹھ سال پہلے کی طرح اپنی پوری رات کیوں نہ عنایت کر دیتی؟ مگر اُس کی "بد گمانی" نے۔۔۔ ہاں آج رات وہ اُس کے طرزِ عمل سے "بد گمان" بھی ہو گئی تھی۔۔۔ کہیں اِس بد گمانی نے ہی اُسے جلد رخصت ہونے پر مجبور نہ کر دیا ہو۔۔۔ وہ اب یقیناً ایک ہوس کار انسان تھا۔۔۔ مگر کیا واقعی ہوس کاری اُس کا ایک محبوب مشغلہ بن چکی تھی۔۔۔ نہیں، وہ اُس کے لیے اب بھی پاکباز تھا! صرف اُس کے لیے پہلے کی طرح! ہمیشہ کی طرح! اپنی محبوبہ کی توقعات کی طرح!۔۔۔ مگر پھر اُس نے، اُس لڑکی نے جو اَب ایک مکمل عورت بن چکی تھی۔ اور اِس لیے زیادہ وسیع القلب اور زیادہ رحم دل ہو چکی تھی۔۔۔ اُس نے اُسے کیوں اتنی جلد رخصت کر دیا۔۔۔ اُس نے

اتنی بے رحمی، اتنی بے دردی، اتنی سنگ دلی کیونکر گوارا کی؟۔۔۔ آٹھ سال۔۔۔ آٹھ طویل سال (ایک سال بھی کتنی طویل مدت ہوتا ہے) پھر آٹھ سال۔ اِن آٹھ سال کے بعد صرف ایک ملاقات اور وہ بھی عارضی! آہ اتنی عارضی! عارضی اور مختصر!! مانا کہ کسی نے اُسے آواز دی تھی! مانا کہ اُسے جانا ضرور چاہیے تھا۔۔۔ مگر اُس نے اُسے آئندہ کے لیے کوئی اُمید کیوں نہ دلائی؟ اُس نے اُسے دوبارہ آنے کے لیے کیوں نہ کہا؟ اُس نے یہ کیوں کر برداشت کیا کہ وہ رنجیدہ ہوا! وہ کیوں کر لکھے کہ اُس کی بدگمانی صحیح نہ تھی! اُسے اِس قسم کا تذکرہ کرتے ہوئے شرم آتی ہے! وہ کس طرح بتائے کہ اُس نے، اُس کی آٹھ سال بعد ملنے والی نے اُسے مشتبہ کیوں سمجھا؟۔۔۔

وہ کتنی باتیں کرنا چاہتا تھا! آٹھ سالہ واقعات کی روئداد اُس کے گوش گزار کرنا چاہتا تھا۔۔۔ مگر اِن تمام ارادوں کے باوجود اُسے ایک حرف تک کہنے کا موقع نہیں دیا گیا۔۔۔ پھر وہ اُسے بے رحم کیوں نہ سمجھے! بے درد کیوں نہ کہے، سنگدل کیوں نہ جانے!

اور۔۔۔ اب وہ کیا چاہتا ہے۔۔۔ صرف ایک اور رات! پوری رات! اُس کی حسرتیں تو کہتی ہیں کہ آٹھ سال کے برابر۔۔۔ طویل رات! مگر اندیشے۔۔۔ زندگی اور دنیا کی حقیقت یہ بتاتی ہے کہ یہ ناممکن ہے۔۔۔ تو پھر ایک ہی رات سہی!

اُتنی ہی طویل سہی جتنی عام طور پر راتیں ہوا کرتی ہیں! وہ اُسے بھی غنیمت سمجھے گا۔ وہ اُس پر بھی قانع رہے گا۔ وہ اُس سے بھی مطمئن ہو جائے گا۔۔۔ بشرطیکہ کسی بزرگ خاتون کی تیسری منزل سے آواز نہ آئے! بشرطیکہ وہ جلد رخصت ہونے کی کوشش نہ کرے۔۔۔ بشرطیکہ۔۔۔ بشرطیکہ کسی بچے کے رونے کی آواز اُسے سنائی نہ دے!!!۔۔۔

مگر کیا وہ خط میں یہ لکھ دے! اگر اتنی جرأت ہو تو پھر یہ کیوں نہ لکھ دے۔

جو "ترا" بچّہ ہے۔ اے کاش "ہمارا" ہوتا!!!

(۵) الف لیلہ کی ایک رات

"زندگی کی اُلجھنوں میں پھنس کر بہت سے لوگ خیال کرنے لگتے ہیں کہ زندگی از سر تا بہ پا ایک تلخ و بے کیف سبق ہے، جو فطرت ہمیں جبر کر کے سکھاتی اور سکھینے پر مجبور کر دیتی ہے۔ لیکن یہ صحیح نہیں ہے۔ ہم میں سے اکثر افراد ایسے نکل آئیں گے جن کے لیے خوش نصیبی سے زندگی ایک مسلسل دلچسپی بنی ہوئی ہے اور وہ کبھی اِس کی ناگواریوں کا شکار نہیں ہوتے۔"

میں اپنے دوست کو حیرت اور دلچسپی سے دیکھ رہا تھا۔ کیا یہ تعجب کی بات نہ تھی کہ اِس دور میں جبکہ نہ صرف ہمارا ملک بلکہ تمام دنیا اقتصادی بدحالی کے ہاتھوں نالاں ہے اور غریبوں کو تن ڈھانکنے کو کپڑا اور پیٹ بھرنے کو روٹی نصیب نہیں ہوتی۔۔۔ خدا کے بعض بندے بلکہ یوں کہنا چاہیے کہ "خاص "بندے ایسے بھی موجود ہیں جو اِس منحوس زمین کے اوپر اور بے رحم آسمان کے نیچے اپنی رنگینیوں کی ایک نئ دنیا آباد کیے بیٹھے ہیں۔

میرا دوست کوئی امیر آدمی نہیں۔ ایک غریب شاعر ہے۔ محض شاعر! اور سب کو معلوم ہے کہ اُردو کے شاعر انتہائی درجے کے مفلس اور قلاّش ہوتے ہیں۔ ہمایوں بھی اِس کلّیہ کے برخلاف کوئی استثنا پیش نہیں کرتا۔ سوائے اِس کے کہ وہ ابھی "بوڑھا "نہیں۔ نہ عمر کے لحاظ سے نہ شاعرانہ خیالات کے اعتبار سے، بلکہ شاید یہ کہنا زیادہ موزوں ہو کہ اُس کی جوانی اور جوانی کا احساس ایک ایسی دولت ہے کہ اُسے کسی لحاظ سے

بھی غریب کہاہی نہیں جاسکتا۔

وہ اور میں دونوں ہم جماعت رہ چکے تھے۔ لیکن زندگی کی کش مکش نے مجھے اُس سے جدا کر کے ایک دُور اُفتادہ گاؤں میں پھینک دیا اور وہ بدستور لکھنؤ کی متمدّن اور حسین و جمیل دنیا میں سانس لے رہا تھا۔ جدائی کے اِس پنج سالہ عرصے میں ہم نے اتنی ترقی کی تھی کہ وہ شاعر کی حیثیت سے ایک قابلِ رشک شہرت کا اور میں کلرک کی حیثیت سے ایک ناقابلِ رشک "بیوی" کا مالک ہو چکا تھا۔

رہا یہ سوال کہ اپنی ملکیت کے لحاظ سے کون اچھی حالت میں تھا؟ میرا خیال ہے کہ اِس پر کسی سیاسی یا اشتراکی بحث کی ضرورت ہی نہیں رہتی۔ جبکہ میں پہلے ہی عرض کر چکا ہوں میری "ملکیت" قطعی قابل رشک نہ تھی اور میرے پنج روزہ قیام لکھنؤ کی آخری شام کو اُس نے جو واقعہ مجھے سنایا اُس کے بعد تو اِس میں مطلقاً کوئی شک و شبہ ہی نہیں رہتا کہ میرا یہ دوست کہیں زیادہ اچھی حالت میں تھا۔

اُس رات وہ کس مسرّت اور بے خودی کے سے عالم میں کہہ رہا تھا "زندگی کی اُلجھنوں میں پھنس کر بہت سے لوگ یہ خیال کرتے ہیں کہ زندگی از سر تا بہ پا ایک تلخ و بے کیف سبق ہے۔۔۔" اور میں حیرت اور تعجب سے اُس کا منہ تک رہا تھا۔ سچ پوچھئے تو مجھے اُس پر رشک آ رہا تھا۔ یہ آزاد اور خُوش رُو نوجوان کس قدر بے فکر تھا اور کس درجہ خوش نصیب! مگر اِس خوش نصیبی کا حال اُس کی اپنی زبانی سنیئے :۔

"پچھلے ماہ کا قِصّہ ہے۔ اِس لیے مجھے اِس قصّے سے بہت دلچسپی ہے۔ شاید ایک وجہ اور بھی ہو۔ اور وہ یہ کہ ابھی اِس کا خاتمہ نہیں ہوا۔ اِس قصّے کا عملی خاتمہ ابھی نہیں ہوا۔ "اُس نے سگریٹ کی راکھ جھاڑی۔ ایک زور کا کش لگایا اور پھر بولا۔ ایک دن کا ذکر ہے میں اپنی میز پر بیٹھا ہوا اپنی ایک تازہ نظم پر نظر ثانی کر رہا تھا کہ اتنے میں چپراسی نے شام

کی تازہ ڈاک لا کر میرے سامنے رکھ دی میں نے پنسل پھینک کر جلدی سے خطوں کی طرف ہاتھ بڑھایا۔ رسالے اور اخبار ایک طرف رکھے اور بیک نظر خطوط کے پتوں کا جائزہ لیا۔ میں ڈاک کا بڑی بے تابی سے انتظار کیا کرتا ہوں۔ کسی دوست کا خط ہو یا کسی اجنبی کا میرے لیے بڑی دلچسپی کا سامان ہوتا ہے۔ عام طور پر پہلے اجنبیوں کے خطوط پڑھا کرتا ہوں۔ ایک خط کی تحریر اجنبی سی نظر آئی۔ میں نے پہلے اُسے کھولا اور خط پڑھنا شروع کیا۔ جند سطریں تھیں۔ مگر ایک مرتبہ۔ دو مرتبہ۔ تین مرتبہ پڑھ گیا۔۔۔ "رقیمۂ نیاز" پر شاید کئی مرتبہ نظر ڈالی۔ کیونکہ اُس کے نیچے ایک عورت کا نام لکھا تھا۔ ایک بالکل اجنبی عورت کا نام۔۔۔ مگر نام کی دل کشی۔۔۔ ایسا معلوم ہوتا تھا جیسے میرے کسی رنگین خیال کی طرح مجھ سے معاً آشنا ہو گئی ہو۔ جیسے میرے دماغ میں فوراً بس گئی ہو۔۔۔ "یاسمین" کتنا دل کش نام ہے!۔۔۔ مجھ پر اِس حسین نام اور خط کا اتنا اثر ہوا کہ گھنٹوں اُس کی بابت سوچتا رہا۔۔۔ اُس کی صورت۔۔۔ اُس کی عمر اور اُس کے قامت کے متعلق ہزاروں خیال آتے رہے۔ اُس کے خط کو میں نے اتنی مرتبہ پڑھا کہ مجھے حفظ ہو گیا۔ لکھا تھا:۔

ادیب محترم! تسلیم آپ کی نظم "ایک رات کی رام کہانی" نظر سے گزری۔ کیا میں یہ پوچھنے کی جرأت کر سکتی ہوں کہ اِس نظم میں جو کہانی بیان کی گئی ہے۔ وہ محض تخیّل ہے یا حقیقتاً اِس صحبتِ شبانہ میں کوئی "زہرہ جبیں" آپ کی شریک صحبت تھیں۔ خدا جانتا ہے کہ یہ نظم ہر وقت پیشِ نظر رہتی ہے۔ خدا کرے کہ آپ ہمیشہ خیریت سے رہیں۔ مگر ہمارے دلِ "رنجور" سے غافل اور بے نیاز۔

والسلام

یاسمین

بتوسط خان بہادر جمشید علی

پتے سے تمھیں کچھ سروکار نہیں ہونا چاہیے۔ کیونکہ یہ میرا نہیں ایک شریف خاتون کا راز ہے۔ اِس لیے صرف نام بتانا کافی ہے۔ بہر حال اُس رات مجھے صبح تک نیند نہ آئی۔ تخیّل نے اُس غائبانہ ہستی کی ہزاروں ہی تصویریں بنا کر بکھیر ڈالیں مگر کوئی پسند نہ آئی۔ ہر مرتبہ دل یہی کہتا تھا کہ۔

اِس طرح کا جمال ہو، ایسا شباب ہو!

لیکن تسکین نہ ہوتی تھی اور کیونکر ہوتی۔ کسی صورت پر خیال جمتا ہی نہ تھا۔

رات بھر اُن کے تصّور دل کو تڑپاتے رہے

چند نقشے سامنے آتے رہے جاتے رہے

تم یہ سن کر حیران ہو گے کہ میں ہفتے بھر تک اِسی شغلِ دیوانگی میں مصروف رہا۔ یہاں تک کہ اُس کے خط کا جواب بھی نہ دے سکا۔ بالآخر ساتویں دن اِس خیالی لذّت کے خواب سے بیدار ہوا تو جواب کی سوجھی۔ یہ خط میں نے اتنا بنا بنا کر اور سنبھال سنبھال کر لکھا تھا کہ شاید کبھی نہ لکھا ہو گا۔ خط کا مضمون مختصر تھا۔ مگر شوخی سے خالی نہ تھا۔ اور پھر میری شوخی، ہنسانا اور رُلانا بائیں ہاتھ کا کھیل ہے۔ میں نے لکھا تھا۔ "جس رام کہانی کے متعلق آپ دریافت فرماتی ہیں۔ وہ "محض تخیّل" ہے۔ لیکن اگر آپ کی عشوہ طرازی پسند کرے تو اِس "تخیّل میں حقیقت" کا رنگ بھرا جا سکتا ہے۔۔۔! بشر طیکہ ناگوار نہ ہو۔ "جواب کے انتظار میں جو وقت گزرا، اُس کی طوالت کا حال خدا جانتا ہے۔

کہ تھی اِک اِک گھڑی سَو سَو مہینے

آخر خدا خدا کر کے چھٹے دن جواب ملا کہ "پا بہ رکاب ہوں۔ اور مشتاقِ لقا۔ ۱۶- نومبر کو ۸- بجے ہاکمینز ہوٹل میں!"۔۔۔ میں نے یہ خط پڑھا تو گھبرا گیا۔ میں نے اپنی عمر

میں کبھی کسی اجنبی عورت سے ملاقات نہیں کی تھی۔ ہر چند کہ عورت کا تصوّر میرے لیے ایک بہشت سے کم نہ تھا۔ مگر کسے معلوم کہ یہ بہشت مل بھی سکتی ہے! کسی نسوانی وجود کا خیال میرے لیے ہمیشہ ایک لذیذ خواب بنا رہا تھا۔ مگر کیا جانتا تھا کہ یہ خواب حقیقت بن سکتا ہے۔ میں اُس وقت ایک عجیب گومگو کے عالم میں تھا۔ ملاقات کی ہمّت نہیں پڑتی اور دل کہتا تھا کہ ملاقات ضرور ہو۔ اب کیا کریں؟ میرے چاروں طرف کتنی پُراسرار فضا پیدا ہو گئی تھی۔ کبھی سوچتا۔ "خدا جانے کون ہے کون نہیں؟ کہیں فریب ہی نہ ہو۔ بیٹھے بٹھائے کیوں عذاب مول لیں۔" اور اُدھر حضرتِ دل کا تقاضا تھا کہ محبت کی دعوت دے کر پیچھے ہٹنا کیونکر ممکن ہے۔ آخر بڑی ردّو کد کے بعد میں نے یہ مختصر سا جواب لکھا کہ "حکم کی تعمیل کی جائے گی"۔۔۔ اور۔۔۔ اور میں ۱۶ تاریخ کو ہاکمینز ہوٹل میں جاڈٹا۔۔۔ جاڈٹا۔ میں نے اِس لیے کہا کہ سچ مچ اُس پُراسرار اور اجنبی ہستی کی ملاقات مجھے بدحواس بنائے دیتی تھی۔ یوں تو میں نے تمام راستہ ڈگمگاتے اور لڑکھڑاتے ہوئے قدموں کے ساتھ طے کیا تھا۔ مگر ہوٹل میں قدم رکھتے ہوئے تو دل و دماغ کی جو کیفیت ہوئی اُسے کچھ میں ہی جانتا ہوں۔۔۔ جانتا یہ ہوں کہ اُس وقت کسی بات کو جاننے کا مجھ میں ہوش ہی نہ تھا۔ اور اگر اِس عجیب و غریب اور پُرراز معاملے سے جو اِس طرح سے شروع ہو گیا تھا، پردہ اُٹھانے کا شوق اور محبت کی تشنگی کا وفور مجھ پر غالب نہ آ جاتا تو شاید میں وہاں جانے کی جرأت ہی نہ کرتا۔۔۔ بہر حال میں لرزتے ہوئے قدموں اور جھکی ہوئی نظروں کے ساتھ جلدی سے ہوٹل میں داخل ہوا۔ اور چپکے سے ایک مختصر سے کمرے میں جا بیٹھا۔ جہاں میں اِس سے پیشتر اکثر احباب کے ساتھ آ کر بیٹھا کرتا تھا۔ ہمارا مخصوص خادم سوہن لال جھپٹ کر اندر آیا اور پردہ ٹھیک کرتے ہوئے بولا "حضور ایک آدمی آپ کو پوچھتا تھا۔" میں نے پردہ کی طرف دیکھ کر ایک ہلکا سا اطمینان کا سانس لیا اور

بولا۔ "سوہن لال اُس آدمی کو جہنّم میں ڈالو۔ پہلے لپک کر ایک بڑا وہسکی لاؤ! "میری حالت دیکھ کر وہ متعجّب سا تو ہوا۔ مگر اُنہی قدموں واپس ہو گیا اور ایک منٹ میں ایک پیگ اور سوڈا لیے ہوئے نمودار ہوا۔ میں نے اُس کے سوڈا ڈالنے کا بھی انتظار نہ کیا اور جلدی سے گلاس لے کر اپنے منہ سے لگا لیا۔

شراب کے تذکرے پر میں جو مسکرایا تو ہمایوں کہنے لگا "ہنسو نہیں۔ میں جانتا ہوں کہ تم جیسے نیک آدمیوں کے سامنے اِس چیز کا ذکر کرنا بھی حرام ہے مگر چونکہ واقعہ تھا۔ اِس لیے میں نے بیان کر دیا۔ مجھ پر ایک نامعلوم خوف غالب تھا اور اِسی لیے میں ایک نہ دو، اکٹھے چار پیگ یکے بعد دیگرے پی لیے اور اب۔۔۔ یقین جانو میں شیطان سے بھی لڑنے کو تیار تھا۔ میں نے سوہن لال سے پوچھا۔ کیوں سوہن اب بتاؤ وہ آدمی کون تھا جو مجھے پوچھتا تھا۔ اُس نے کہا۔ "صاحب نام نہیں بتایا گیا۔ کسی کا نوکر معلوم ہوتا تھا۔ "میں نے دریافت کیا "کبھی پہلے بھی آتا تھا "سوہن لال نے جواب دیا۔ "نہیں حضور کبھی نہیں۔ کوئی نیا ہی آدمی دکھائی پڑتا تھا"۔۔۔ یہ کہہ کر سوہن لال تو گیا کچھ اور لینے اور میں اپنے اوور کوٹ کے بٹن کھولنے لگا۔ اِس کے بعد میں نے سگریٹ سلگایا اور مزے لے لے کر پینے لگا۔ جسم میں کچھ حرارت پیدا ہوئی اور میرے دل و دماغ، اور اُن کے ساتھ ہی نظروں میں مسکراہٹ!!

آئے جو میکدے میں تو دنیا بدل گئی

اب مجھے اپنی پراسرار "محبوبہ "کا خیال ہوا۔ خدا جانے وہ مجھے کیوں کر ملے گی؟ شریف زادیوں کا اِس قسم کے ہوٹلوں اور رقص گاہوں میں کام ہی کیا ہے ؟ لیکن اوپر ٹھہرنے کے کمرے تو بنے ہیں۔ اکثر معزز ہندوستانی لوگ اِن میں ٹھہرا کرتے ہیں۔ اُس کے ٹھہرنے میں کیا قباحت ہے ؟ مگر پردہ۔۔۔ خدا جانے وہ پردہ کرتی ہے یا نہیں! سنا ہے

ہمارے ہاں اکثر خاندانوں میں پردہ نہیں رہا اور اب تو عام طور پر اُٹھتا جاتا ہے۔۔۔ نہ معلوم اُس کی صورت کیسی ہو گی؟ اور عمر۔۔۔ یہ بھی قابلِ غور بات ہے۔ خط کی دل کشی سے تو نوجوان معلوم ہوتی تھی۔ لیکن اِن عورتوں کا خط بھی اُن کی طرح اکثر دھوکا دے جاتا ہے۔۔۔ کچھ بھی ہو، اب تو ملے بغیر نہ جاؤں گا۔ چاہے اُس کے انتظار میں یہیں رات کیوں نہ کاٹنی پڑے۔۔۔

میں کچھ اِسی قسم کے خیالات میں گم تھا کہ اتنے میں سوہن لال نے پردہ سرکا کر کہا۔ "صاحب وہی آدمی پھر آیا ہے۔" میں نے کہا "اندر بلا لو مگر اِس کمرے سے باہر۔" کچھ دیر بعد سوہن لال نے آ کر مجھے باہر بلایا۔ میں اوور کوٹ کے بٹن لگاتا ہوا نکلا۔ سامنے تاریکی میں وہ آدمی کھڑا تھا۔ میں نے بیک نظر دیکھا اور غور کیا۔ اِس سے پیشتر میں نے اُسے کہیں نہ دیکھا تھا۔ سوہن لال وہاں سے چلا گیا تو وہ آدمی میری طرف بڑھا۔ بڑے پُراسرار انداز میں قریب آیا۔ تو میں نے پوچھا۔ "تم میری تلاش میں ہو؟" اُس نے آہستہ سے جواب دیا۔ "شاید۔ آپ کو یہاں کسی نے بلایا تھا۔" جس نرمی اور آہستگی سے یہ سوال دُہرایا گیا تھا۔ اُس سے پُراسراریت چھلکتی تھی۔ سرخوشی کے باوجود مجھ پر کسی قدر خوف سا غالب ہوا۔ مگر میں نے اپنے آپ کو سنبھالتے ہوئے کہا "ہاں مجھے یہاں آنے کے لیے کہا گیا تھا۔" "اب میں سمجھا وہ کس کا قاصد ہے۔ اُس نے پوچھا "بلانے والے کے نام کا آخری حرف "میں نے جواب دیا "ن" اُس نے پھر پوچھا۔ "آپ کے نام کا آخری حرف کیا ہے؟ "میں نے جواب دیا "ن" اُس نے یہ سن کر جلدی سے کہا" تشریف لائیے! اور میرے جواب کا انتظار کیے بغیر باہر چل دیا۔ میں نے اپنے دل میں کہا "الٰہی مجھے یہ کہاں لے جائے گا۔ وہ پُراسرار خاتون کہاں ہے؟۔۔۔ ہوٹل سے باہر نکل کر وہ بائیں طرف

ہولیا۔ میں پیچھے پیچھے اور وہ آگے آگے۔۔۔ کچھ دیر یونہی چلتے رہے۔ کوتوالی سے آگے بڑھ کر اُس کی رفتار کچھ دھیمی ہوئی۔۔۔ سامنے ایک طویل القامت ڈاج کار کھڑی ہوئی تھی۔ وہ اُس کے قریب جا کر رُک گیا۔ جب میں دھڑکتے ہوئے دل کے ساتھ گاڑی کے قریب پہنچا۔ تو وہ ادب سے اُس کی طرف اشارہ کر کے ایک طرف ہٹ گیا۔ میں آہستہ آہستہ گاڑی کے پاس پہنچا۔ سڑک کے دوسری طرف کی ہلکی سی روشنی میں ایک سیاہ برقع پچھلی نشست پر نظر آیا۔ میں نے گاڑی کی کھڑکی پر ہاتھ رکھا اور خاموش کھڑا ہو گیا۔ سیاہ ریشمی برقع میں سے ایک ہاتھ۔۔۔ ایک گلابی اور نازنین ہاتھ باہر نکلا۔۔۔ نکلا اور آہستہ آہستہ میری طرف بڑھا۔ میں نے بھی دھڑکتے ہوئے دل کے ساتھ۔۔۔ اپنا لرزتا ہوا ہاتھ آگے بڑھایا۔ ہاتھ ملاتے ہی میرے جسم میں بجلی سی دوڑ گئی۔

بدن چھُو گیا آگ سی لگ گئی
نظر مل گئی دل دھڑکنے لگا

اُس کا ہاتھ کچھ دیر میرے ہاتھ میں رہا۔ ایسا معلوم ہوتا تھا کہ ایک برقی رَو اُس سے خارج ہو کر میرے تمام بدن میں شعلے سے بھڑکا رہی ہے۔ مجھے محسوس ہوا کہ اُس کا ہاتھ میرے ہاتھ کو دبا رہا ہے۔ اور اپنی طرف کھینچ رہا ہے۔ کیا وہ مجھے اندر بلا رہی ہے۔ ممکن ہے یہ مطلب نہ ہو۔ اور اگر میں اندر جا بیٹھوں تو کہیں شرمندہ ہی نہ ہونا پڑے۔۔۔ میں بدستور خاموش کھڑا رہا۔ آخر پہلی مرتبہ اُس نے اپنی زبان کھولی۔۔۔ آہ! وہ موسیقانہ آواز۔۔۔ آواز تھی۔ یا چاندی کی ہلکی سی جھنکار! اُس نے شرماتے ہوئے کہا۔ "اندر آ جایئے!۔۔۔ "میں نے رُکتے جھجکتے ہوئے پوچھا۔ "چائے نہ پیجئے گا۔۔۔ "اُسی نغمہ صفت آواز میں جواب ملا "مہربانی!۔۔۔ اِس وقت نہیں۔۔۔ آپ اندر کیوں نہیں آ جاتے۔ "۔۔۔ مجھ سے کوئی جواب نہ بن پڑا۔۔۔ میں آگے بڑھ کر ڈرائیور کی نشست پر جانے لگا۔

شاید اُس نے میرا ارادہ بھانپ لیا۔ اُس نے فوراً روکتے ہوئے کہا "اُدھر نہیں اِدھر۔۔۔ اِدھر آجایئے۔ "اور دروازہ کھولنے کے لیے اپنا پھول سا ہاتھ بڑھایا۔ مگر اُس کی زحمت کا خیال کر کے میں نے جلدی سے دروازہ کھولا اور نہایت آہستہ اور ادب سے اُس کے قریب بیٹھنے کی کوشش کی۔ اُس نے اپنے ہاتھ سے میرے بازو کو پکڑا اور مجھے خود اپنے قریب بٹھا لیا۔۔۔ اِتنے میں ڈرائیور، وہی آدمی جو مجھے بلانے گیا تھا۔ قریب آ کھڑا ہوا۔ میری نادیدہ "محبوبہ "نے کہا" چلو" یہ سن کر ڈرائیور فوراً اپنی جگہ آ بیٹھا اور گاڑی آہستہ آہستہ ہوا کی سی سبکی سے چل پڑی۔ کہاں! یہ میرے فرشتوں کو بھی معلوم نہ تھا۔ کچھ بھی ہو اَب میرا نامعلوم خوف غائب ہو گیا تھا۔ اب میں اُس کے ساتھ جہنّم میں بھی جانے کو تیار تھا۔

مجھے ایسا محسوس ہوا کہ اُس کا جسم میرے جسم سے چھو رہا ہے شاید عمداً۔۔۔ میرے رگ وپے میں ایک برقی رَو دوڑ گئی۔ اِس مرتبہ یہ برقی رَو ایک نئی کیفیت کی حامل تھی۔ ایسا محسوس ہوتا تھا کہ میں بہشت کے کسی حسین چشمے میں غرق ہو رہا ہوں۔ اُس کے نازک و نازنین جسم کا اِتّصال جذبات میں ایک ایسی آگ بھڑکا رہا تھا۔ جو معلوم ہوتا تھا۔ کبھی نہ بجھے گی۔ اُسی شیریں لذّت سے مست اور سرشار میں خدا جانے کہاں سے کہاں جا پہنچا۔ مجھے کچھ معلوم نہ ہوا کہ گاڑی کدھر جا رہی ہے اور ہم کہاں ہیں۔ یہاں تک کہ ایک وسیع اور صاف سڑک پر گاڑی ٹھہری۔ چاند نکل آیا تھا۔ اور اُس کی مدّھم روشنی فضا کو بے حد دلچسپ اور حسین بنا رہی تھی۔ اُس نے مجھ سے کہا "آپ ایک منٹ یہیں ٹھہریئے "ڈرائیور نے موٹر کا دروازہ کھولا۔ وہ تیزی مگر آہستگی سے اُتر پڑی۔ میں اُس کے سرو قامت مجسمے کو جو بُرقع کی وجہ سے اُس کی زلفوں کی طرح سیاہ سایہ نظر آ رہا تھا، اشتیاق سے دیکھتا رہا اور سوچنے لگا کہ اُس کی زلفیں سیاہ ہوں گی یا خرمئی؟۔۔۔ وہ بائیں

طرف ایک کوٹھی کے پھاٹک میں داخل ہوئی اور برسات کی ایک اندھیری رات کے خواب کی طرح نظروں سے دور ہوتی گئی۔ ڈرائیور اُس کے پیچھے تھا۔ وہ بھی گھنیرے درختوں کی تاریکی میں غائب ہو گیا اور مجھے اُس خواب کی سی حسین فضا میں اُس مقام کے متعلق سوچنے کے لیے تنہا چھوڑ گیا۔ میں نے لاکھ کوشش کی کہ یہ جگہ یاد آجائے مگر حافظہ نے بالکل مدد نہ کی۔ شاید میں اِس سے پہلے اِس مقام پر آیا ہی نہ تھا۔

اتنے میں اندر کی طرف سے ایک سایہ ہلتا جلتا نظر آیا۔ ڈرائیور نے واپس آکر کہا۔ "اندر تشریف لے چلئے۔۔۔ وہ وقت۔ وہ سناٹا، وہ چاندنی، وہ باغ کا سماں، وہ پراسرار عورت۔ وہ میں کہ کبھی میں نے اِس الف لیلہ کی سی رومانی فضا میں سانس نہ لیا تھا۔ بہر حال میں اُس کے پیچھے ہو لیا۔ باغ سے گزر کر ایک عظیم الشّان عمارت کے قریب پہنچا۔ ڈرائیور نے ایک طرف دروازہ کھولا اور مجھے اندر جانے کا اشارہ کیا۔ اندر اندھیرا تھا۔ مگر اُس کے ساتھ کے کمرے میں روشنی تھی۔ اُس کی مدد سے میں نے کمرہ کا جائزہ لیا۔ کمرہ نفیس ترین سازوسامان سے مزیّن تھا۔

میں ابھی کمرے کا جائزہ لے ہی رہا تھا کہ روشن کمرے سے میری سیاہ برقع والی میزبان آتی نظر آئی۔ اُس نے ابھی تک برقع نہیں اُتارا تھا۔ وہ بدستور اپنے سیاہ ریشمی پردے میں لپٹی ہوئی نظر آئی۔ اور آیئے کہہ کر مجھے دوسرے کمرے میں لے گئی۔ پیچ کا دروازہ آہستہ سے بند ہو گیا۔ مجھے اتنا ہوش نہیں کہ اُس نے خود بند کیا یا کسی اور نے۔۔۔ بہر حال مجھے اتنا یاد ہے (اور یہ یاد میرے لیے کافی ہے) کہ جس کمرے میں ہم داخل ہوئے۔ وہ کسی راجہ اِندر کی خوابگاہ سے کچھ کم شاندار اور دلآویز نہ تھا۔ دروازوں پر بیش قیمت مخملی پردے پڑے ہوئے تھے سامنے ایک مسہری بچھی تھی۔۔۔ اُس مسہری کا تخیل الٰہی توبہ!

وہ شمالی دروازہ کی طرف گئی۔ اُس نے دروازہ کو دیکھا اور اُنھی قدموں واپس لوٹ آئی۔ اُس کے بعد۔۔۔ اُس کے بعد جو منظر میں نے دیکھا، میری آنکھیں اُسے قیامت تک فراموش نہیں کر سکتیں۔ اُس نے اپنا برقع اُتار دیا اور مجھے ایسا محسوس ہوا کہ کمرے کے خوب صورت لیمپ کی سفید روشنی میں دفعتاً اضافہ ہو گیا۔ سیاہ بادلوں سے ایک چاند نکل آیا۔ تاریک صحرا میں ایک یک بیک بجلی چمک اُٹھی۔ آہ! وہ حسین چہرہ، وہ دل کش خدّوخال! وہ ارغوانی ہونٹ! وہ آتشیں رخسار! وہ گداز جسم! مگر نزاکت کا پہلو لیے ہوئے۔۔۔ دنیا میرے گرد رقص کرنے لگی۔ نگاہوں میں ایک بہشت زار کھل گیا۔ ایسا محسوس ہوتا تھا۔ جیسے آسمان سے کوئی حُور اُتر آئی ہو۔ راجہ اِندر کے پرستان سے کوئی پری نکل آئی ہو۔ سبز ابریشمیں لباس میں ایک ایسا ریشمیں جسم جو معلوم ہوتا تھا کہ قدرت نے سُرخ مخمل اور گلاب کی پنکھڑیوں سے بنایا تھا۔ ء

شفق میں ڈوبے ہوئے نور میں نہائے ہوئے

اُس کی شرمائی ہوئی شربتی آنکھیں، شراب کے دو پیانے تھے جو مجھے دونوں جہان سے غافل اور مست کیے دے رہے تھے۔ وہ آہستہ آہستہ اُنھی مست آنکھوں کو جھکائے میرے قریب آئی۔ اُس کا وہی گلابی ہاتھ بڑھا۔ اور اُس نے میرے بازو کو آہستہ سے چھوا۔ دفعتاً ایسا معلوم ہوا جیسے میری آنکھیں کھل گئی ہوں۔ میں کرسی سے اُچھل پڑا اور میں نے بے اختیار ہو کر اُس کا ہاتھ چوم لیا۔ اُس نے اپنی آنکھیں جھکا لیں اور شاید بات ٹالتے ہوئے بولی۔ "ہاں تو آپ کی وہ رام کہانی حقیقت تھی یا محض تخیّل؟" میں نے اُسے مسہری پر بٹھاتے ہوئے جواب دیا۔ "پہلے صرف تخیّل مگر آج حقیقت۔۔۔!"

ہمایوں نے ابھی اتنا ہی کہا تھا کہ اُس کا نوکر کمرے میں داخل ہوا۔ بولا "احسان آیا ہے" یہ نام سن کر ہمایوں دفعتاً اپنی کرسی سے اُٹھ کھڑا ہوا۔ اور بولا۔ اچھا خدا حافظ۔ ناصر

باقی داستان پھر کبھی۔۔۔ پھر کبھی کے کیا معنی؟ داستان تو سن ہی چکے ہو البتہ اتنا کہنا باقی ہے کہ یہ داستان تقریباً ہر ہفتے دُہرائی جاتی ہے۔ معاف کرنا مجھے خیال نہ رہا کہ آج اتوار کا دن ہے۔۔۔۔ "میں نے کہا "تو اتوار کے دن کا تمھاری اِس عجلت سے کیا تعلق "۔

"تعلق یہ کہ احسان "اُس" کے ڈرائیور کا نام ہے۔ اور وہ مجھے بلانے آیا ہے "اتنا کہہ کر اور ٹوپی اُٹھا کر کمرے سے باہر نکل گیا۔

(٦) کرفیو آرڈر

لاہور کی راتوں پر کرفیو آرڈر کی حکومت تھی۔ رات کے آٹھ بجے سے لیکر صبح پانچ بجے تک کوئی متنفّس گھر سے باہر نہیں نکل سکتا تھا۔ البتہ سرکاری اور اخباری کارکنوں کو کرفیو پاس مل گئے تھے تا کہ وہ اپنے اپنے شبانہ فرائض انجام دے کر گھر پہنچ سکیں۔ رات کے دو بجے تھے۔ چاروں طرف خاموشی اور سکومت کی حکمرانی تھی۔ اخبار "جمہور" کا نائٹ ایڈیٹر سلیم کرفیو پاس جیب میں ڈالے تیز قدم اُٹھاتا ہوا اپنے گھر کی طرف جا رہا تھا۔ وہ شیرانوالہ دروازہ سے نکل کر سرکلر روڈ پر ریلوے لائن کے ساتھ ساتھ چل رہا تھا۔ سڑک سنسان اور ریلوے لائن ویران تھی۔ اُس کے دائیں طرف سرکلر گارڈن کے عظیم الشّان درخت چاندنی میں بھوتوں کے مہیب اور ساکت سایوں کی طرح نظر آ رہے تھے۔

"کرفیو آرڈر۔۔۔ پولیس۔۔۔ فوج۔۔۔ عدالتیں۔۔۔ اور حکومت۔۔۔ بیوی اِن سب سے زیادہ قیمتی چیز ہے۔" اِس خیال کے آتے ہی وہ مسکرا دیا۔ اُس کے قدموں میں زیادہ تیزی۔۔۔ اور اُس کے بازوؤں میں زیادہ حرکت پیدا ہو گئی۔۔۔ اُس کی شادی کو صرف چند روز گزرے تھے اور شادی کی پہلی رات کے بعد اُس کی بیوی آج پہلی مرتبہ اُس کے گھر آئی تھی۔۔۔ جس کا اشتیاق اُسے کشاں کشاں گھر کی طرف کھینچے لیے جا رہا تھا۔ نئی نئی بیوی اور نیا نیا بستر۔ اُس کے دل و دماغ میں بسا ہوا تھا۔۔۔ یکایک فضا سے لباسِ عروسی کی خوشبو آئی اور اُس کی بیوی کی حسین و مخمور آنکھیں اُس کی شوق بھری آنکھوں میں پھِر گئیں۔ اُس کے قدم تیز ہو گئے۔۔۔ وہ جلد۔۔۔ بہت ہی جلد گھر پہنچ جانا چاہتا تھا۔

وہ گوروں کی پہلی چوکی کو بائیں طرف چھوڑتا ہوا کوتوالی کے قریب پہنچا جس کے بعض بالائی کمروں سے روشنی نظر آرہی تھی۔ تمام شہر پر سنّاٹا چھا رہا تھا۔ دُنیا خوابیدہ تھی۔ البتّہ پولیس اور فوج بیدار تھی۔ کتّوں کے بھونکنے کی آواز بھی آج خاموش تھی۔ "شاید کتّے بھی حکومت سے ڈرتے ہیں۔" سلیم سوچ رہا تھا۔ اکبری دروازہ کی طرف سے پولیس کے سواروں کا ایک دستہ آتا ہوا نظر آیا۔ اُن کے قوی ہیکل گھوڑوں کی خوفناک ٹاپیں چارسُو چھائے ہوئے سکوت کے عالم میں تزلزل پیدا کر رہی تھیں۔ ایسا محسوس ہوتا تھا جیسے سنسان جنگل میں بادل گرج رہا ہے۔ بائیں طرف کی عمارتوں نے چاند کی ہلکی ہلکی سفید کرنوں کو چھُپا لیا تھا۔ سڑک پر عمارتوں کے سائے اور دائیں طرف باغ کے درخت عظیم الجثّہ دیوؤں کی طرح چھائے ہوئے تھے۔ دفعتاً ہوا میں دھُندلکا چھا گیا۔ جیسے کسی بادل کے ٹکڑے نے چاند کو چھُپا لیا ہو۔ چاند کے تصوّر کے ساتھ ہی ایک اور چاند اُس کی نظروں کے سامنے آگیا۔ وہ چاند سا چہرہ جو اطلس و کمخواب کے ایک حسین و نازنین مجسّمے کی شکل میں اِس وقت اُس کے کمرے میں موجود ہوگا۔ بیوی کے اشتیاق نے اُس کے پر لگا دیئے اور وہ اُس سست رفتاری کو چھوڑ کر جو سواروں کی آمد کا نتیجہ تھی، از سرِ نو تیز قدم اُٹھانے لگا۔ اِس حال میں کہ بیوی کا تصوّر اُس کے دل و دماغ پر نشے کی طرح چھایا ہوا تھا۔

سوار اُس کے قریب آگئے۔ گھوڑوں کی ٹاپوں کی تیز اور پُر شور آوازوں نے اُس کے تصوّرات کے تمام حسین و رنگین گھروندے کو پامال کر دیا اور اُس کی جگہ ایک ہلکے سے خوف نے لے لی۔ فرض کرو وہ اپنا پاس دفتر ہی میں بھول آیا ہو! اور یہ سوار پوچھ بیٹھیں تو کیسی بنے؟ اِس خیال کے آتے ہی اُس کا دایاں ہاتھ بے اختیار اُس کے سینے کی بائیں جیب کی طرف بڑھا ایک سخت کاغذ کے ٹکڑے کی موجودگی نے اُس کے لبوں پر اطمینان کی مسکراہٹ پیدا کر دی۔ وہ پھر تیزی سے چلنے لگا۔ مگر ابھی چار قدم چلا ہوگا کہ

پھر رُکا۔۔۔ اگر کرفیو پاس کے باوجود یہ سوار اُسے کوتوالی میں لے جائیں، اُس کے پاس کو چھین لیں۔ یا تسلیم نہ کریں اور اُسے تمام رات حوالات میں رہنا پڑے تو۔۔۔ ؟ کتنا خوفناک خیال تھا! خوفناک اور تکلیف دہ! اپنی نئی نویلی بیوی سے دُور اپنے اطلسی اور مخملی بستر سے دور، اپنی آرام دہ اور شاندار مسہری سے دور، اپنے آراستہ وپیراستہ کمرے سے دُور۔۔۔ رات بھر دُور رہنا۔۔۔! اُس کمرے سے جو چند ہی روز ہوئے جہیز کے سامان سے مزیّن ہوا تھا۔۔۔! اُس کی پیشانی پر بل پڑ گئے۔ اُس کی گردن جھک گئی۔ اُس کی رفتار میں اضمحلال پیدا ہو گیا۔۔۔ ایسی حالت میں وہ کیا کر سکتا تھا؟ پولیس۔۔۔ اور۔۔۔ فوج کے مقابلے میں وہ کر ہی کیا سکتا تھا؟ اِس حالت میں پہنچ کر معلوم ہوتا ہے کہ انسان کتنا مجبور ہے۔ کس قدر مظلوم ہے! کس درجہ بے بس ہے!

مجبوری، مظلومیت اور بے بسی کے احساس نے اُسے غضب ناک کر دیا، نہیں، نہیں، وہ حوالات میں رات نہیں گزار سکتا! وہ کسی طرح اپنے گھر سے دور نہیں رہ سکتا! اُسے دنیا کی کوئی طاقت گھر پہنچنے سے نہیں روک سکتی! وہ ہر حالت میں اپنے گھر جائے گا! وہ بہر صورت اپنے کمرے میں سوئے گا۔ اپنی لاڈلی بیوی کے ساتھ اُس کے مشکبو کاکلوں کی چھاؤں میں! اُس کے مخملیں جسم کے قریب! اُس کے ریشمیں بالوں کی خوشبو سے لپٹ کر، اُس کے مرمریں بدن کے گداز میں ڈوب کر۔۔۔! ایک ابدی مسرّت اور ابدی بے خودی میں محو ہو کر!

تخیّل و تصوّر کی سرخوشی نے اُس کے غیظ و غضب کو کچھ کم کیا اور وہ پھر تیز تیز چلنے لگا۔ "یہ سوار مجھے روکیں گے ؟ "سواروں کے قریب سے گزرتے ہوئے اُس نے پھر غرور آمیز انداز میں سوچا۔ "نہیں نہیں۔ میں نہیں رک سکتا۔ چاہے کچھ بھی ہو!" ہاں چاہے تمام دستہ اُسے گھیر لے! چاہے ڈپٹی کمشنر معہ اپنے تمام اختیارات کے وہاں کیوں نہ

آجائے؟ وہ نہیں رک سکتا! اُس کی گردن تن گئی۔ اُس کے قدموں میں بجلی کی سی تیزی پیدا ہوگئی۔ یہاں تک کہ سواروں کا دستہ چپ چاپ اُس کے قریب سے گزر گیا۔ اُسے کسی نے نہیں روکا۔

دہلی دروازے سے آگے بڑھ کر، فوجی سپاہیوں کی ایک اور زبردست چوکی تھی۔ اُس کے قریب سے گزرتے ہوئے اُس کی رفتار بدستور تیز رہی۔ وہ شوق و مسرّت اور استقلال و جرأت کے عالم میں برابر آگے بڑھتا گیا۔ بہت سے گورے اور گورکھا سپاہی جاگ رہے تھے۔ بعض سگریٹ پی رہے تھے۔ بعض نے بندوقیں سنبھال رکھی تھیں۔ زیادہ تر حِصّہ چارپائیوں پر دراز تھا۔ سرہانے کی طرف ایک دو بجلی کے پنکھے رکھے تھے مگر پچھلے پہر کی خنکی کی وجہ سے بند تھے۔ اِس جگہ کو پھوس کے ایک بہت بڑے چھپّر سے محفوظ کر دیا گیا تھا۔ حکومت کو اندیشہ تھا کہ مسجد شہید گنج کا قضیہ جلد ختم نہ ہوگا۔ اِس لیے اپنے محبوب سپاہیوں کو دھوپ سے بچانے کے لیے ایک عارضی چھت کی سخت ضرورت تھی۔ چاند نے بادل کا نقاب اُتار دیا تھا اور اُس کی روشنی میں یہ چھپّر اِس وقت ہیبت اور دہشت کا مرقّع تھے۔ پستہ قامت گوروں اور گورکھوں کو دیکھ کر سلیم نے اپنے دل میں کہا۔ "یہ ہیں سوا تین تین فٹ کے بوزنہ نما سپاہی جن کے بل پر شیر برطانیہ نے آدھی دنیا پر قبضہ کر رکھا ہے۔" اِس خیال کے آتے ہی وہ پھر مسکرا دیا۔ اُسے اپنے کشیدہ قامت اور تنومند جسم کی طاقت کا احساس ہوا۔۔۔ اگر اِن سپاہیوں میں سے کوئی اُسے چھیڑ دے! کوئی اُس سے بے ہودہ مذاق کرے! اُسے رات کو باہر نکلنے کے جرم میں روک لے۔۔۔ اُس کا ہاتھ پھر بے اختیار اُس کی جیب کی طرف بڑھا۔۔۔ پاس موجود تھا!۔۔۔ لیکن اگر وہ پاس کے باوجود اُسے روک لیں۔۔۔! اُس کا دل بیٹھنے لگا۔ اُس کی نئی نویلی بیوی کی صورت اُس کی آنکھوں میں پھِر گئی۔۔۔ اُس کی نازک و نازنیں شخصیت نے اُس کی ہمّت بندھائی!

اُس نے پھر اُن بالشتیے سپاہیوں پر ایک حقارت کی نظر ڈالی۔ "یہ سات آٹھ جو باہر کھڑے ہیں۔ اِن کے لیے تو میں کافی ہوں۔ اِن کے قبضے میں تو میں نہیں آ سکتا۔ "اُس نے اپنا دایاں پاؤں زور سے زمین پر مارا۔ غصّے سے اپنی دونوں مٹھیاں بند کر کے اپنی کلائیوں اور بازوؤں کی طاقت کا اندازہ کیا۔ ایسا کرتے ہوئے اُس کی نظر چھپّر کے اندر چارپائیوں پر پڑی۔ اُن کی تعداد پچاس ساٹھ کے قریب معلوم ہوتی تھی۔ اتنے سپاہیوں کا وہ تنہا کیونکر مقابلہ کر سکتا تھا؟ اُس پر پھر مایوسی کا غلبہ ہونے لگا۔۔۔ "مگر پاس کی موجودگی میں یہ لوگ مجھے کیوں روکنے لگے ؟ "لیکن اندیشہ۔۔۔ اندیشے کی آواز کہہ رہی تھی۔ "اِن کا کوئی بھروسہ نہیں مگر۔۔۔ کچھ بھی ہو وہ گھر ضرور جائے گا۔۔۔ گورکھے اور گورے درکنار خود گورنر بھی آ جائے تو وہ نہیں رُک سکتا۔ وہ کیوں کر رُک سکتا ہے ؟ اُس کی بیوی منتظر تھی! آہ! وہ اُس کی حسین ومہ جبین بیوی! وہ اُس کی شیریں نوا اور رنگین لقا بیوی!۔۔۔ جس نے اُس کی زندگی کو نئی نئی مسرّتوں سے آشنا کیا تھا! جس نے اُس کی ہستی کو ایک ابدی بے خودی کا گہوارہ بنا دیا تھا! وہ نئی نویلی دُلہن جس کے شاداب وسیاہ بالوں کی خوشبو اب تک اُس کے شامّہ کی فضاؤں میں بسی ہوئی تھی! جس کے ابریشمیں ملبوس کی عطر آگینی اب تک اُس کے تنفّس میں موجزن تھی! نہیں نہیں! دنیا کی کوئی طاقت اُسے نہیں روک سکتی!

اب اُس کے قدم پھر تیزی سے بڑھنے لگے۔ فوجی چوکی اور اُسی کے ساتھ اُس کے خوف کو وہ پیچھے چھوڑ آیا تھا۔ اُس وقت وہ شاہ محمد غوث کے مزار کے قریب تھا۔ جس کے دونوں طرف کئی قہوہ خانے آباد ہیں۔

چلتے چلتے دفعتاً وہ رُک گیا۔ دائیں طرف کی ایک تنگ اور مختصر سی گلی سے (جو ایک قہوہ خانے کی بغل میں تھی) اُسے دو شخصوں کے جھگڑنے کی سی آواز آئی۔ ایک شخص کہہ رہا تھا۔ "رُوتی کیوں نہیں دینا سکتا۔ تُو رُوتی دے گا۔ "اور دوسری آواز کہہ رہی تھی۔

"خان صاحب! اللہ کی قسم روٹی اور سالن سب ختم ہو چکا ہے۔" سلیم خود بھی کبھی کبھی اِس قہوہ خانے میں چائے پی جایا کرتا تھا۔ اِس لیے اُس نے پہلی آواز سنتے ہی معلوم کر لیا کہ کوئی تازہ وارد پٹھان ہے جو ہوٹل کے مالک سے کھانا طلب کر رہا ہے۔۔۔ سلیم نے چاہا کہ اپنی راہ چلا جائے۔ مگر یہ سوچ کر کہ شاید ہوٹل والا پولیس والوں کے ڈر سے اِس پٹھان کو اِس وقت کھانا نہیں دینا چاہتا۔ سفارش کی غرض سے گلی میں مڑ گیا۔

پٹھان ہوٹل کی پچھلی طرف کے بغلی دروازے کو پکڑے کھڑا تھا۔ چاندنی کا اِس گلی میں داخل ہونا محال تھا۔ تاہم اتنی روشنی ضرور تھی کہ وہ پٹھان کی بڑی سی پگڑی، سرخ مخملی واسکٹ، گھیر دار شلوار، اور سیاہ داڑھی کو دیکھ سکے۔ اُس کے قریب پہنچا تو سلیم کو ہوٹل والا نظر آیا۔ جو دروازے کو دونوں ہاتھوں سے اِس طرح پکڑے کھڑا تھا جیسے اُسے اندیشہ ہے کہ پٹھان زبردستی اُس کے ہوٹل میں گھس آئے گا۔ اُس کے پیچھے کمرے کے ایک کونے میں ایک لالٹین روشن تھی۔ جس کی دھندلی روشنی میں امجد کا قد نمایاں ہو رہا تھا۔

"کیا بات ہے! امجد؟ اِنھیں کھانا کیوں نہیں دیتے تم؟"

"اخّاہ آپ ہیں؟ میاں سلیم! میں تو ڈر گیا تھا کہ کوئی پولیس والا ہے" یہ کہہ کر وہ دروازے سے ہٹ گیا۔ سلیم اور اُس کے پیچھے پٹھان اندر داخل ہو گئے۔ امجد نے جلدی سے دروازہ بند کر لیا۔ ایسا کرتے ہوئے اُسکی نظریں پٹھان پر جمی ہوئی تھیں۔ جیسے وہ اُسکی موجودگی سے رنجیدہ ہو۔

"آغا، ام گرسنہ بُو کا بسیار سخت بوکا۔ ولِکن یہ مالک کیتا۔۔۔ رُوتی نئیں، رُوتی نئیں۔ یہ کیس طرا کا آدم اے"۔ پٹھان نے سلیم کا ہاتھ پکڑ کر کہا۔

"کیوں امجد! کیا واقعی کھانا ختم ہے۔ دیکھو کچھ نہ کچھ تو ہو گا۔" سلیم نے امجد سے

کہا۔ "میاں سلیم آپ کے سر کی قسم! کوئی چیز نہیں۔ آج اللہ کا فضل تھا۔ گاہک بہت۔۔۔
"

"ذرا دیکھو بسکٹ، خطائی، پیسٹری کوئی چیز تو ہو گی۔"

"اللہ کی قسم جھوٹ نہیں بولتا۔ شکر تک ختم ہے۔۔۔" پھر پٹھان کو مخاطب کر کے بولا۔

"آغا جان اب جاؤ۔ کوئی پولیس والا آ گیا تو مجھے اور تمھیں دونوں کو پکڑ کر لے جائے گا۔" یہ کہہ کر وہ دروازے کی طرف بڑھا تاکہ اُس کو باہر نکال کر دروازہ پھر بند کر دے۔ "مگر ام کیدر جائے گا۔ آغا خدا اور رسول کا واسطہ ای ام زیاد پیسہ دیں گا۔" یہ کہہ کر اُس نے سلیم کی طرف دیکھا۔ گویا مزید سفارش کا طلبگار ہے۔ مگر زیادہ کہنا سننا لاحاصل تھا۔ سلیم کو معلوم تھا کہ امجد کے پاس واقعی کھانے پینے کی کوئی چیز نہیں بچی ہے۔ ورنہ وہ کم سے کم اُس سے (سلیم سے) انکار نہ کرتا۔

سلیم لکڑی کی ایک معمولی سی بینچ پر بیٹھا تھا۔ لالٹین کی دھندلی روشنی میں اُس کی متفکّر نگاہیں کسی چیز پر جمی ہوئی تھیں۔ پانی کے گھڑے پر یا طاق میں لیمونیڈ کی بوتلوں پر۔۔۔ وثوق سے نہیں کہا جا سکتا۔ لیکن یہ ظاہر تھا کہ اُس کو پٹھان سے ہمدردی پیدا ہو گئی تھی۔۔۔ وہ آج اتفاق سے خود بھی شام کا کھانا نہیں کھا سکا تھا۔ لیکن بیوی سے ملاقات کے شوق میں اُسے کھانے کی چنداں پرواہ نہ تھی۔ تاہم اِس میں شک نہیں کہ اب وہ بھوک کی تکلیف محسوس کر رہا تھا۔ اور اِس ذاتی تکلیف کے احساس نے اُسے پٹھان کی گرسنگی کی تکلیف سے اچھی طرح باخبر کر دیا تھا۔ اُس نے دائیں بائیں نظر ڈالی۔ گویا امجد کی بات بھول کر وہ کسی کھانے کی چیز کی تلاش میں ہے۔ ایک کونے میں دو گھڑے رکھے تھے۔

ایک پر ایک تام لوٹ پڑا تھا۔ ایک ٹوٹی پھوٹی الماری پر چند بے دُھلی پلیٹیں نظر آئیں۔ کمرہ بحیثیتِ مجموعی غلیظ حالت میں تھا۔ مگر اپنے نفیس مذاق کے باوجود اُسے وہاں بیٹھنا ناگوار نہ تھا کیونکہ وہ زندگی کا ہر ایک رنگ یا زندگی کو ہر ایک رنگ میں دیکھنے کا شائق تھا۔ علاوہ بریں وہ جانتا تھا کہ دوسرے کمرے میں (جسے صحیح معنی میں ہوٹل کہنا چاہیئے) اِس وقت بیٹھنے کے یہ معنی تھے کہ بجلی کی روشنی کی جائے اور یہ امر شاید ہوٹل کے مالک کو گوارا نہ تھا۔ پولیس کے ڈر سے اُس کی روح فنا ہوتی تھی۔ اِس وقت اُسے اپنا کمرہ یاد آرہا تھا۔ وہ کمرہ جو کچھ روز ہوئے جہیز کے سامان سے آراستہ کیا گیا تھا۔۔۔ وہ کمرہ جس میں آج جہیز کی سب سے زیادہ "قیمتی چیز" موجود ہو گی! یعنی خود جہیز والی۔۔۔! اُس کا جی چاہا کہ بے اختیار اُٹھ کھڑا ہو اور گھر کی طرف دوڑ جائے۔ مگر غریب پٹھان بھوکا ہے! اُس کی فکر نے اُسے پابہ زنجیر کر رکھا تھا۔ وہ اُسے اِس حالت میں چھوڑ کر جانے کی ہمّت اپنے آپ میں نہیں پاتا تھا۔ وہ اُسے بھوکا چھوڑ کر کیونکر جائے؟ وہ اپنے دل کو اتنا سخت کیونکر بنائے؟

اُس نے پٹھان کی طرف دیکھا۔ جس کی نظریں خالی پلیٹوں پر جمی ہوئی تھیں۔ خدا جانے وہ کب سے اِن بے دُھلی پلیٹوں کی طرف دیکھ رہا تھا۔ اگر یہ خالی پلیٹیں اِس وقت کسی معجزہ کے اثر سے کھانے سے بھری ہوئی نظر آئیں تو اُسے کتنی مسرّت ہو! وہ خوشی کے مارے ناچنے لگے۔ اور شاید گھر تک ناچتا ہوا جائے، مگر یہ اُمیدیں لاحاصل تھیں۔ دنیا میں کوئی خالی پلیٹ ایسا معجزہ نہیں دِکھا سکتی۔۔۔ خواہ وہ دنیا کے کسی عظیم ترین بادشاہ کے باورچی خانے کی پلیٹ ہی کیوں نہ ہو۔۔۔!

خیالات کی پریشانی سے گھبرا کر وہ اُٹھ کھڑا ہوا اور شیروانی کی جیبوں میں ہاتھ ڈالے ہوئے اِدھر اُدھر پھرنے لگا۔ اُس کی نظروں نے ایک مرتبہ اور کمرے کا جائزہ لیا۔ اُسے خیال آیا کہ اگر یہ ہوٹل اُس کا گھر ہوتا تو کھانے کے لیے کچھ نہ کچھ ضرور مل جاتا۔ گھر کا

خیال آتے ہی اُس نے سوچا کہ وہ پٹھان کو اپنے ساتھ گھر لے جائے اور کھانا کھلا کر۔۔۔ لیکن پٹھان کے پاس کرفیو پاس کہاں سے آیا؟ اور اُس کے ایک پاس میں دونوں کا جانا یقیناً خطرناک تھا۔ افسوس وہ اُسے اپنے ساتھ بھی نہ لے جا سکتا تھا۔

"امجد آٹا تو کچھ ہو گا کچھ چپاتیاں ہی بنا دیتے؟" اُس نے ٹہلتے ٹہلتے یک لخت رُک کر امجد سے کہا۔

"میاں آٹا تو تھوڑا سا موجود ہے۔ مگر چولھا باہر کی طرف ہے۔ آپ کی خاطر ابھی روٹی پکا دیتا۔ مگر اِس وقت۔۔۔ آج کل آپ کو معلوم ہے۔۔۔ پولیس والوں نے دیکھ لیا تو بڑے گھر بھیج دیں گے۔۔۔ لینا ایک نہ دینا دو۔۔۔ مفت میں۔۔۔"

"ٹھیک ہے"۔ اُس نے امجد کی بات کاٹتے ہوئے بے خیالی سے کہا اور پھر ٹہلنے لگا۔ اُس کے خیالات ایک عجیب و غریب کشمکش میں مبتلا تھے۔ پٹھان کھڑا ہوا اُس کی طرف دیکھ رہا تھا۔ سلیم کو ایسا محسوس ہوا کہ اُس کی حسرت بھری نظریں کبھی خالی برتنوں کا طواف کرتیں اور کبھی سلیم کی طرف پلٹ جاتی ہیں۔

"سلیم صاحب کوئی پولیس والا نہ آ جائے۔" پھر پٹھان کی طرف رُخ کرتے ہوئے اُس نے کہا "لو آغا اب جاؤ پولیس کے سوار آنے والے ہیں۔ شاید تم سامنے والے گھر میں ٹھہرے ہوئے ہو۔۔۔ کچھ بھی ہو۔ اب جا کر آرام کرو"۔

پٹھان مایوس ہو کر دروازے کی طرف بڑھا۔ امجد نے آہستہ سے دروازے کی کُنڈی کھولی۔ پھر ایک پٹ تھوڑا سا ہٹایا اور گلی میں جھانک کر دیکھا۔ اُس کے بعد اُس نے سر کے اشارے سے پٹھان کو بلایا۔ پٹھان دروازے کے قریب آ گیا۔

دفعتاً سلیم ٹہلتے ٹہلتے رُک گیا۔ "ٹھہرنا۔۔۔ امجد۔۔۔ مگر۔۔۔ مگر ذرا ٹھہرو۔۔۔" وہ دروازے کے قریب آ گیا اور پٹھان سے بولا "دیکھو خان! سیدھے انار کلی چلے جاؤ۔

میرا نام لے کر عثمانیہ ہوٹل کا دروازہ کھلوا لینا۔ نوکر دروازے کے ساتھ سوتا ہے۔ اُس کا نام غلامی ہے۔ راستے میں کوئی پولیس والا پوچھے تو یہ پاس دِکھا دینا"۔

اُس نے اپنی جیب سے کرفیو پاس نکال کر پٹھان کی طرف بڑھا دیا۔ پٹھان نے اُسے لے لیا اور ایک ممنونیت کی نظر اُس پر ڈالتا ہوا چپ چاپ گلی میں نکل گیا۔

"امجد دروازہ بند کر دو اور مجھے ایک پیکٹ سگریٹ دے دو۔ کوئی بہت تلخ سگریٹ ہو۔ ہاں کیونڈر ٹھیک رہے گا۔۔۔ میں آج کی رات تمھارا مہمان ہوں۔۔۔ نہیں نہیں تمھاری چارپائی تمھیں مبارک ہو!۔۔۔ اخباری زندگی نے مجھے راتوں کو بنچوں پر سونے کا عادی بنا دیا ہے۔"

ہوٹل کا مالک سگریٹ دے کر اپنی زمین بوس چارپائی پر دراز ہو گیا اور سلیم ٹوٹی ہوئی بنچ پر لیٹ کر سگریٹ کے دھوئیں اُڑانے لگا۔

امجد کا بیان ہے کہ اُس رات سلیم نیند میں یہ شعر گنگنا رہا تھا۔

"یا الٰہی پھر ہم کو وہ گھڑی میّسر ہو
نرم نرم بیوی ہو، گرم گرم بستر ہو!!"

(۷) بیوہ کا راز

ایک دن سہ پہر کے وقت میں ہاکمینز ہوٹل کے برآمدے میں بیٹھا ہوا لکھنؤ کی زندگی کی عظمت و شوکت اور عُسرت و فلاکت کے دو گونہ منظر دیکھ رہا تھا۔ درمتھ کے گلاس پر سے گزرتی ہوئی میری نظریں امارت و ثروت اور غریبی و ذلّت کے اُن عجیب و غریب اور متضاد و مخالف نظاروں کو حیرت سے دیکھ رہی تھیں، جو حضرت گنج کی وسیع و مصقّا سٹرک پر میرے سامنے سے گزر رہے تھے۔ گزرتے چلے جا رہے تھے کہ اِتنے میں کسی نے میرا نام لے کر مجھے آواز دی۔ میں نے پلٹ کر دیکھا۔ تو نواب کیوان قدر سامنے کھڑا نظر آیا۔

ہمیں کالج چھوڑے کم و بیش دس سال گزر چکے تھے اور اُس وقت سے لے کر اب تک ایک دوسرے سے ملنے جُلنے کا اتفاق نہیں ہوا تھا۔ اِس لیے اُس کو دوبارہ دیکھ کر مجھے بے حد خوشی ہوئی۔ اور ہم نے نہایت گرم جوشی سے معانقہ کیا۔ جب ہم علیگڑھ میں تھے تو دونوں میں بہت دوستی رہ چکی تھی۔ وہ اِتنا خوب صورت، ایسا جواں مرد اور اِس درجہ معزّز تھا کہ میں اُسے بے حد پسند کرتا تھا۔ طلبہ میں عام طور پر اُس کی بابت چہ میگوئیاں ہوا کرتی تھیں کہ اگر وہ ہمیشہ سچ بولنے کا عادی نہ ہو تو بہترین ساتھی ہو۔ لیکن میرا خیال ہے کہ ہم اُس کی صاف گوئی ہی کی وجہ سے اُس کی تعریف کرتے تھے۔

میں نے اُسے کافی سے زیادہ بدلا ہوا پایا۔ وہ کچھ بے چین، پریشان اور کسی معاملے کی بابت کچھ مشکوک سا دکھائی دیا۔ میں نے محسوس کیا کہ اُس کی بیتابی زمانہ حال کے کفر والحاد

کے اثرات کا نتیجہ نہیں ہوسکتی۔ کیونکہ کیوان قدر حکومت پسند طبقے کا کٹّر رکن تھا اور اپنے خاندان کی دیرینہ مذہبی روایات پر ایسا ہی اعتقاد رکھتا تھا۔ جیسا کونسل آف سٹیٹ پر۔ بنابریں میں نے خیال کیا کہ ہو نہ ہو اس کی پریشانیوں کی تہہ میں کسی عورت کی زلفیں لہرا رہی ہیں۔ یہ سوچ کر میں نے اُس سے اُس کی شادی کے متعلق دریافت کیا۔

"یار" میں اِن عورتوں کو کچھ اچھی طرح سمجھ نہیں سکا۔"اُس نے جواب دیا۔

"کیوان!"میں نے کہا۔ "عورتیں محبت کیے جانے کے لیے ہیں۔ سمجھنے کے لیے نہیں!"

"مگر میں اُس عورت سے محبت نہیں کر سکتا۔ جس پر مجھے اعتبار نہ ہو۔۔۔"اُس نے جواب دیا۔

"کیوان! مجھے یقین ہے کہ تم اپنی زندگی میں کسی نہ کسی راز سے دو چار ہوئے ہو! "میں نے کہا "مجھے اُس کے متعلق کچھ بتاؤ!"

"آؤ۔ گاڑی پر ہوا خوری کریں"۔اُس نے کہا۔ "یہاں تو بہت ہنگامہ ہے۔۔۔ نہیں، نہیں۔۔۔ زرد رنگ کی گاڑی۔۔۔ نہیں کوئی اور رنگ۔۔۔ وہ دیکھو۔۔۔ وہ گہرے سبز رنگ والی۔۔۔ بس بس وہ ٹھیک رہے گی۔"

چند لمحوں میں ہم قیصر باغ سے گزرتے ہوئے امین آباد پارک کی طرف جا رہے تھے۔ "کہاں چلنا ہے؟"میں نے پوچھا۔

"جہاں جی چاہے چلو۔ "اُس نے جواب دیا۔ "قیصر کے ریسٹوران سہی۔۔۔ وہیں کھانا بھی کھالیں گے اور تم اپنے متعلق مجھے تمام باتیں بھی بتا سکو گے۔"

"مگر مجھے پہلے تمھارا حال سننے کا شوق ہے۔ "میں نے کہا۔ "مجھے اپنا وہ راز بتاؤ!"

اُس نے اپنی جیب سے رُوپہلی بکسوئے کا ایک مراکو کیس نکالا اور میری طرف بڑھا

دیا۔ میں نے اُسے کھولا تو اندر ایک عورت کی تصویر نظر آئی۔ وہ نازک اور سرو قامت تھی اور اُسکی بڑی بڑی مبہم آنکھوں اور بے ترتیب و بے پروا بالوں سے، ایک عجیب دلآویزی کی شان ٹپک رہی تھی۔ وہ ایک غیب داں کی طرح دکھائی دیتی تھی۔ اور نہایت قیمتی اور لطیف سمور میں لپٹی ہوئی تھی۔

"اِس کے چہرے کے متعلق تمھاری کیارائے ہے؟اِس سے صداقت ٹپکتی ہے؟

میں نے تصویر کا غور سے معائنہ کیا۔ اُس عورت کا چہرہ مجھے اُس شخص کا سا دکھائی دیا جو کوئی راز رکھتا ہو۔ لیکن یہ مسئلہ کہ وہ راز بُرائی کا پہلو لیے ہوئے تھا۔ یا بھلائی کا۔۔۔ میں اِس کا فیصلہ نہ کر سکتا تھا۔ اُس کا حُسن ایسا حُسن تھا جو بیسیوں بھیدوں کے سانچے میں ڈھلا ہوا ہو۔ وہ حُسن جو حقیقت میں نفسیاتی ہوتا ہے جمالیاتی نہیں، اثراتی ہوتا ہے۔ تصوراتی نہیں۔ پھر وہ کھلائی ہوئی مسکراہٹ جو اُس کے ہونٹوں پر کھیل رہی تھی۔ حقیقتاً شیریں ہونے کی بہ نسبت کہیں زیادہ فریب آرا تھی۔

"کیا خیال ہے تمھارا؟" اُس نے بے صبری سے پوچھا۔

"سموروں میں لپٹا ہوا ایک مرمری بُت۔" میں نے جواب دیا۔ "مجھے اِس کے متعلق کچھ بتاؤ!"

"ذرا ٹھہر کر۔" اُس نے جواب دیا۔ "کھانے کے بعد" اور دوسری باتیں چھیڑ دیں۔

جب ویٹر ہمارے لیے قہوہ اور سگریٹ لا چکا تو میں نے کیوان قدر کو اُس کا وعدہ یاد دلایا۔ وہ اپنی جگہ سے اُٹھ کھڑا ہوا۔ کچھ دیر کمرے میں ٹہلتا رہا اور پھر اپنے آپ کو ایک آرام کرسی پر گرا کے اُس نے مجھے یہ کہانی سنائی:

"ایک دن شام کو۔" اُس نے کہا۔ "پانچ بجے کے قریب میں چاندنی چوک کی طرف جا رہا تھا۔ چاوڑی بازار میں گاڑیوں کا اِس قدر ہجوم تھا کہ آمد و رفت بالکل رُک گئی تھی۔

چلتے چلتے سامنے جو نظر پڑی تو زرد رنگ کی ایک فٹن (Fitton) نظر آئی جس نے کسی نہ کسی وجہ سے میری توجہ اپنی طرف منعطف کر لی۔ جیسے ہی میں اُس کے پاس سے گزرا اُس میں وہ چہرہ نظر آیا جو کچھ دیر پہلے میں نے تمھیں دِکھایا تھا۔ اُس نے مجھ پر جادو سا کر دیا اور میں اُس روز تمام رات اُسی کے تصوّر میں کھویا رہا۔ دوسرا دن میں نے اُس ذلیل بازار میں گذارا اور ہر ایک گاڑی کو غور سے دیکھتا ہوا اور زرد فٹن کا انتظار کرتا ہوا میں شام تک اِدھر اُدھر آوارہ گردی کرتا رہا مگر اُس گاڑی کی جھلک نہ دکھائی دی۔

آنکھوں نے ذرّہ ذرّہ پہ سجدے لٹائے ہیں
کیا جانے جا چھپا مرا پردہ نشیں کہاں؟
بالآخر میں نے سوچا کہ وہ عورت نرا سپنا ہی سُپنا تھی۔
وہ اِس سنسار میں اِک آسمانی خواب تھی گویا

تقریباً ایک ہفتے کے بعد میں مسز گنگولی کے ہاں کھانے پر مدعو تھا۔ ڈنر کا وقت آٹھ بجے مقرّر تھا۔ مگر ہم ساڑھے آٹھ بجے تک ڈرائنگ روم میں بیٹھے رہے۔ بالآخر خادم نے دروازہ کھولا اور لیڈی شجاع کی آمد کی اطلاع دی۔۔۔ وہ یہ عورت تھی۔ جس کی تلاش میں مَیں پریشان تھا۔ وہ آہستہ آہستہ اندر آئی۔ ایسا محسوس ہوتا تھا جیسے چاند کی ایک نازک کرن بھوری فلیس میں خراماں ہو۔ میری انتہائی مسرّت کہ مجھے اُس کو ڈنر تک لے جانے کے لیے کہا گیا۔

جب ہم سب اپنی اپنی جگہ بیٹھ گئے تو میں نے بالکل بے خبری اور سادگی سے کہا۔ "لیڈی شجاع! میرا خیال ہے کہ کچھ دن ہوئے میں نے آپ کو چاوڑی بازار میں دیکھا تھا۔ "اُس کے چہرے کا رنگ اُڑ گیا اور اُس نے بہت آہستہ آواز میں مجھ سے کہا۔ "خدا کے لیے اتنی اونچی آواز میں بات نہ کیجیے ایسا نہ ہو کوئی سن لے۔

مجھے اِس بُری طرح آغاز پر افسوس ہوا اور میں نے جلدی سے اُردو فلموں کا تذکرہ چھیڑ دیا۔ اُس نے بہت کم گفتگو کی اور جو کچھ کی۔ اُسی آہستہ موسیقیانہ آواز میں۔ ایسا معلوم ہوتا تھا جیسے اُسے دھڑ کا ہے کہ کوئی اور سُن لے گا۔ بہر حال کہنا یہ ہے کہ میں دل و جان سے مگر ساتھ ہی نادانی و حماقت سے اُس کی محبّت میں مبتلا ہو گیا۔ گو مبہم رازوں کی اُس فضا نے جو اُس کی خاموشی پر محیط تھی۔ میری انتہائی نزاکتِ حسن و خیال کو پریشان کر دیا۔ جب وہ جانے لگی اور یہ ڈنر کے فوراً ہی بعد بروئے کار آیا تو میں نے اُس سے درخواست کی کہ آیا میں اُس سے ملنے آ سکتا ہوں۔ یہ سُن کر وہ ایک لمحے کے لیے گھبرا سی گئی۔ اُس نے اِدھر اُدھر دیکھا کہ کوئی اور تو ہمارے قریب نہیں۔ پھر بولی "بہت اچھا کل پانچ بجے "میں نے اپنی میزبان مسز گنگولی سے درخواست کی کہ مجھے اُس کے متعلق کچھ بتائے۔ مگر میں اُس سے جو کچھ معلوم کر سکا یہ تھا کہ وہ ایک بیوہ ہے اور نئی دہلی میں اُس کا خوب صورت اور شاندار مکان ہے۔ اُس کے بعد چونکہ بیواؤں کے متعلق سائنس اور فلسفے کی بحثوں کی طرح خشک اور تھکا دینے والی تقریروں کا سلسلہ شروع ہو گیا تھا۔ اِس لیے میں وہاں سے رخصت ہو کر اپنے مکان کی طرف روانہ ہوا۔

دوسرے دن میں مقررّہ وقت پر نئی دہلی پہنچا لیکن بٹلر کی زبانی معلوم ہوا کہ لیڈی شجاع ابھی باہر گئی ہے۔ میں انتہائی مایوسی اور پریشانی کے عالم میں اپنے کلب کی طرف چلا گیا۔

"طویل غور و فکر کے بعد میں نے اُسے خط لکھا۔ جس میں اُس سے درخواست کی گئی تھی کہ آیا میں کسی اور دن دو پہر کے وقت اُس سے ملاقات کر سکتا ہوں؟ کئی روز تک جواب نہیں آیا۔ آخر اُس کا ایک رقعہ ملا۔ جس میں لکھا تھا کہ وہ اتوار کو چار بجے گھر پر مل سکے گی۔ رقعہ غیر معمولی "مکرر آنکہ "پر ختم ہوتا تھا کہ "مہربانی کرکے مجھے آیندہ اِس پتے

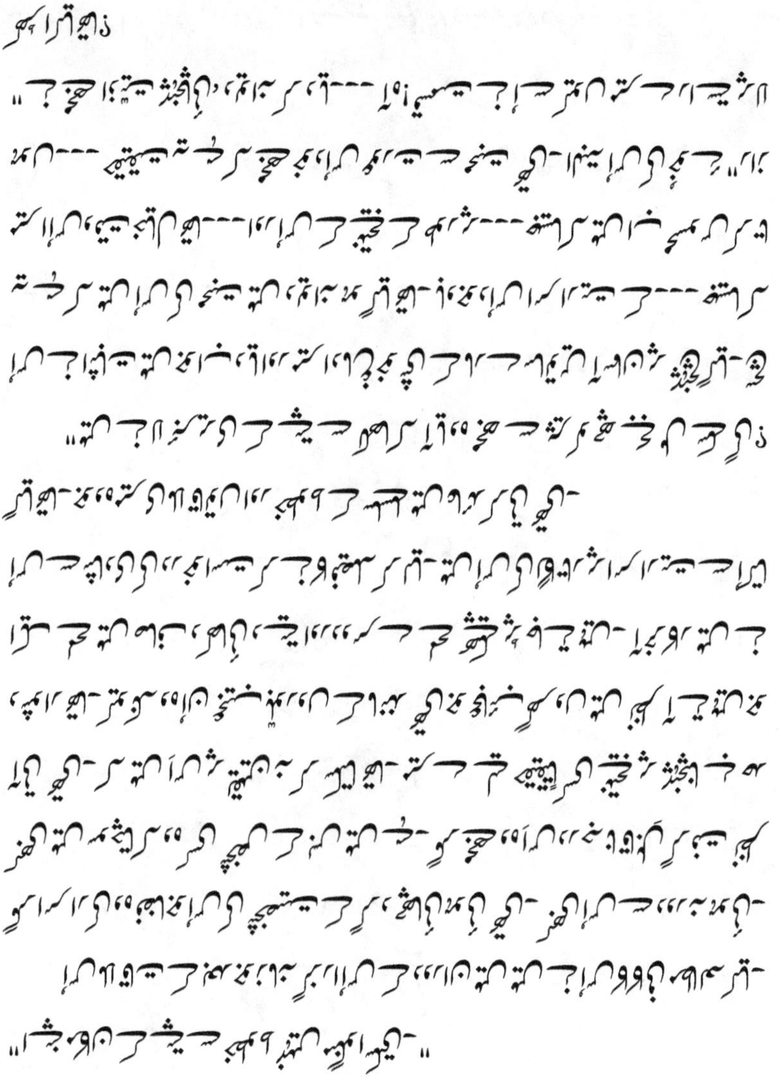

پر خط نہ لکھیے۔ ملاقات پر اس کی وجہ بتا دی جائے گی۔"

اتوار کو وہ اپنی کوٹھی پر موجود تھی۔ اُس نے مجھے اندر بلا لیا۔ وہ بدستور دلفریب نظر آتی تھی چلتے وقت اُس نے کہا کہ اگر میں آئندہ کبھی اُسے خط لکھنا چاہوں تو "مسز بھارتی۔ معرفت زنانہ لائبریری لا چیلاں "کے پتے سے لکھوں۔ "چند وجوہ سے "اُس نے کہا۔ "اپنے مکان کے پتے سے خطوط نہیں منگوا سکتی۔"

اُس ملاقات کے بعد جو زمانہ گزرا اُس کے دوران میں میں نے اُس کا کافی مطالعہ کیا۔ مگر اسرار کی وہ فضا جو اُس کی شخصیت کے گرد چھائی ہوئی تھی۔ کبھی اُس سے دور نہ ہوئی۔ کبھی میں سوچتا کہ وہ کسی شخص کے بس میں ہے۔ مگر مجھے وہ اِس درجہ ناقابلِ گرفت نظر آتی تھی۔ کہ میں اِس پر یقین نہ کر سکتا تھا۔ میرے لیے حقیقتاً کسی نتیجے پر پہنچنا بے حد دشوار تھا۔ کیونکہ وہ اُن عجیب بلّوروں کے مانند تھی جو عجائب گھروں میں نظر آتے ہیں جو ایک لمحے میں صاف دکھائی دیتے اور دوسرے لمحے پھیکے پڑ جاتے ہیں۔ آخر کار میں نے اُس سے شادی کی درخواست کرنے کا فیصلہ کر لیا۔ میں اُس کی لگا تار پر اسراریت سے اکتا گیا تھا۔ جو وہ میری ملاقاتوں اور خطوط کے سلسلے میں عائد کرتی تھی۔

"میں نے لائبریری کے پتے سے لکھا کہ آیا وہ مجھ سے پیر کو چھ بجے مل سکے گی؟ اُس نے اثبات میں جواب دیا اور میرا دماغ خوشی کے مارے ساتویں آسمان پر پہنچ گیا۔ سچ یہ ہے کہ میں اُس کی محبت میں دیوانہ ہو گیا تھا۔ باوجود اُس اسراریت کے۔۔۔ جیسا کہ میر اُس وقت خیال تھا۔۔۔ اور اُس کے نتیجے کے طور پر۔۔۔ جیسا کہ میں اب محسوس کرتا ہوں۔۔۔ حقیقت یہ ہے کہ مجھے خود اُس عورت سے محبت تھی۔ البتہ اُس کی خُوئے "راز" نے مجھے اذیّت پہنچائی، دیوانہ کر دیا۔۔۔ آہ! قسمت نے اُسے کیوں میرے راستے پر لا کھڑا کیا تھا؟

"تو تم نے اُس کے راز کا پتہ لگالیا؟" میں نے دریافت کیا۔

شاید "کیوان قدر نے جواب دیا" تم خود اندازہ کر لوگے۔۔۔ پیر کے دن مجھے صبح کا کھانا چچا جان کے ہاں کھانا تھا۔ گیارہ بجے کے قریب میں نے اپنے آپ کو اجمیری دروازہ کے قریب پایا۔ تم جانتے ہو میرے چچا بلی ماراں میں رہتے ہیں مجھے چاوڑی پہنچنا اور مسافت سے بچنے کے لیے ایک دو مختصر اور غلیظ گلیوں سے گزرنا تھا۔ ابھی میں پہلی گلی میں داخل نہ ہوا تھا کہ میں نے لیڈی شجاع کو بُرقع پہنے اُسی زرد رنگ کے فٹن سے اُتر کر گلی میں داخل ہوتے دیکھا۔ وہ تیز تیز قدم اُٹھاتی ہوئی گلی کے آخری مکان کے قریب پہنچی اور سیڑھیوں پر چڑھ گئی۔ اوپر پہنچ کر اُس نے دروازہ کا دستہ گھمایا اور اندر داخل ہوگئی۔ "اب راز افشا ہوا چاہتا ہے"۔ میں نے اپنے دل میں کہا اور میں تیزی سے آگے بڑھ کر متجسس نظروں سے عمارت کو دیکھنے لگا۔ عمارت ایسی دکھائی دی جیسی آج کل کرایہ پر دینے کے لیے بنوائی جاتی ہیں۔ دروازے کی سیڑھی پر مجھے اُس کا رومال نظر آیا۔ جو شاید جلدی میں گر پڑا تھا۔ میں نے اُسے اُٹھالیا اور جھٹ سے اپنی جیب میں رکھ لیا۔ اب میں سوچنے لگا کہ مجھے کیا کرنا چاہیئے۔ میں اِس نتیجہ پر پہنچا کہ مجھے اُس کی جاسوسی کرنے کا کوئی حق نہیں ہے۔ یہ فیصلہ کر کے میں آہستہ آہستہ اپنے کلب کی طرف چل دیا۔

"چھ بجے میں اُس کے مکان پر پہنچا۔ وہ ایک صوفے پر دراز تھی۔ اُس نے باولے کا گون پہن رکھا تھا۔ جس کے تکمے بعض عجیب قسم کے حجر القمر کے تھے۔ یہ گون وہ عام طور پر پہنا کرتی تھی۔

وہ بدستور حسین نظر آتی تھی۔ "آپ کی تشریف آوری سے بے حد مسرّت ہوئی۔" اُس نے کہا۔ "میں تمام دن باہر نہیں گئی۔"

میں حیرت سے اُس کا منہ تکنے لگا اور جیب سے اُس کا رومال نکال کر اُس کی طرف

بڑھایا۔ "لیڈی صاحبہ! آپ نے اِسے آج دو پہر کو کوچہ قاسم جان میں گرا دیا تھا۔" "میں نے سکون کے ساتھ کہا۔ اُس نے میری طرف خوف زدہ نظروں سے دیکھا لیکن رومال لینے کے لیے مطلقاً کوئی اشارہ ظاہر نہیں کیا۔ آپ وہاں کیوں گئی تھیں؟" میں نے پوچھا۔

"آپ کو مجھ سے ایسے سوال کرنے کا کیا حق ہے؟" اُس نے جواب دیا۔

"وہ حق جو ایک محبت کرنے والے کو ہوتا ہے۔" میں نے جواب دیا۔ میں تو آپ کی خدمت میں شادی کی درخواست کرنے کی غرض سے حاضر ہوا تھا۔"

اُس نے دونوں ہاتھوں سے اپنا چہرہ چھُپا لیا اور زار قطار رونے لگی۔ "تمھیں بتانا پڑے گا" میں کہے گیا۔ وہ کھڑی ہو گئی اور میرا منہ تکتے ہوئے بولی۔

"نواب صاحب کوئی ایسی بات نہیں جو آپ کو بتانے کے قابل ہو۔"

"آپ وہاں کسی شخص سے ملنے گئی تھیں۔" میں نے چلّا کر کہا۔ "یہ آپ کا راز ہے "اُس کا چہرہ دہشت سے زرد پڑ گیا اور وہ بولی۔ "میں کسی شخص سے ملنے نہیں گئی۔"

"کیا آپ سچ سچ نہیں بتا سکتیں؟" میں نے غصّے سے کہا۔

"میں بتا چکی ہوں۔" اُس نے جواب دیا۔

"میں دیوانہ ہو گیا تھا۔ مغلوب الغضب ہو گیا تھا۔ اِس عالم میں نہ جانے کیا کچھ کہہ گزرا۔ لیکن جو کچھ بھی کہا وہ اُس کے لیے حد درجہ خوفناک تھا۔ اُسی طرح بکتے جھکتے میں تیزی سے اُس کے مکان سے باہر نکل گیا۔ دوسرے دن مجھے اُس کا خط ملا۔ لیکن میرا غصّہ۔

ایسا نشہ نہ تھا جسے تُرشی اُتار دے

میں نے خط بغیر کھولے واپس کر دیا اور رشید جاوید کے ساتھ افغانستان روانہ ہو گیا۔

"ایک ماہ کے بعد میں واپس آیا تو پہلی چیز جو میں نے "ہمدرد" میں پڑھی۔ وہ لیڈی

شجاع کے انتقال کی خبر تھی۔ اُسے سینما میں سردی لگ گئی تھی۔ چنانچہ پانچ روز تک پھیپھڑوں کے انجمادِ خون کے بعد اُس نے سرائے فانی کو الوداع کہا۔ اِس صدمے کی وجہ سے میں نے گوشہ نشینی اختیار کرلی اور ہر قسم کی ملاقاتوں کا سلسلہ بند کر دیا۔ میں اُس سے اِس درجہ محبّت کرتا تھا! میں اُس سے اِس دیوانگی کے ساتھ محبت کرتا تھا۔ اللہ میں اُس عورت سے کس درجہ محبت کرتا تھا۔"

"تم پھر کبھی اُس گلی میں گئے؟ اُس مکان پر جو اُس گلی میں تھا۔" میں نے دریافت کیا۔

"ہاں" اُس نے جواب دیا۔

"ایک روز میں کوچہ قاسم جان کی طرف گیا۔ میں وہاں جائے بغیر نہ رہ سکتا تھا۔ میرے دل کو شک و شبہ کے نشتر ہلاک کیے دیتے تھے۔ میں نے اُسی مکان کا دروازہ کھٹکھٹایا۔ ایک معزّز صورت بوڑھی عورت نے دروازہ کھولا۔ میں نے پوچھا کچھ کمرے کرایہ کے لیے خالی ہیں یا نہیں؟

"جی ہاں حضور!" اُس نے جواب دیا۔ "دو تین کمرے خالی ہونے والے ہیں۔ جن بیگم صاحبہ نے اِن کمروں کو کرایہ پر لے رکھا تھا۔ وہ کوئی تین مہینے سے نہیں آئیں۔ ناحق بن ناحق کو کرایہ چڑھ رہا ہے۔ اِس لیے آپ اُن کو لے سکتے ہیں۔"

"وہ بیگم صاحبہ یہ تو نہیں؟ میں نے تصویر دِکھاتے ہوئے پوچھا۔

"وہی ہیں حضور! عین مین وہی!" اُس نے چلّا کر کہا "اور کیوں حضور وہ کب تک آئیں گی؟"

"اب نہیں آئیں گی۔ اُن کا انتقال ہو گیا ہے۔" میں نے جواب دیا۔

"اللہ نہ کرے "اُس عورت نے کہا" وہ بچاری میری سب سے زیادہ شریف اور نیک کرایہ دار تھی۔ تیس روپے کرایہ دیتی تھی اور وہ بھی اِس حالت میں یہاں رہتی نہ تھی۔ وہ بالکل صرف ذرا کی ذرا کبھی اِن کمروں میں آ بیٹھتی تھی۔"

"بڑی بی! کیا وہ یہاں کسی مرد سے ملنے آتی تھی؟"

بالآخر میں دریافت کیا۔ لیکن مالکہ مکان نے مجھے یقین دلایا کہ یہ بات نہ تھی۔ وہ بالکل تنہا آتی تھی اور مرد چھوڑ اِس جگہ کسی عورت سے بھی نہیں ملی۔

"خدا کے لیے، پھر وہ یہاں کیا کرنے آتی تھی؟" میں چلّایا۔

"جناب وہ صرف کمرے میں بیٹھتی تھی۔ کتابیں پڑھتی تھی۔ یا کبھی کبھی چائے پی لیا کرتی تھی۔ اُس عورت نے جواب دیا۔ میری سمجھ میں نہ آیا کہ اب میں اِس عورت کو کیا کہوں۔ میں نے اُسے پانچ روپے دیئے اور چپ چاپ وہاں سے چلا آیا۔۔۔ اب تم بتاؤ! میرے دوست! اِن تمام باتوں کے کیا معنی ہیں؟ کیا تمھیں یقین ہے کہ مالکہ مکان نے مجھ سے سچ بولا؟"

"بے شک مجھے یقین ہے۔"

"تو پھر لیڈی شجاع وہاں کیوں جایا کرتی تھی؟"

"کیوان! میرے دوست!" میں نے جواب دیا۔ لیڈی شجاع اُن عورتوں میں سے تھی جن کو پُر اسرار و پُر راز بننے کا خبط ہوتا ہے اُس نے اِن کمروں کو محض اِس غرض سے کرایہ پر لیا تھا کہ وہ وہاں برقعہ پہن کر جائے اور اپنے تیئں ایک ہیروئن محسوس کرنے کی لذّت حاصل کرے۔ وہ اسراریت کا جذبہ رکھتی تھی۔ لیکن بذاتِ خود ایک ایسا ابو الہول تھی جس کا کوئی راز نہ ہو۔

"کیا واقعی تمھارا یہ خیال ہے؟"

"خیال ہی نہیں مجھے اِس پر یقین ہے۔" میں نے جواب دیا۔

کیوان قدر نے اپنا مراکو کیس نکالا۔ اُسے کھولا۔ پھر فوٹو کو دوبارہ غور سے دیکھا۔

"کیسی عجیب بات ہے۔" آخر میں اُس نے صرف اتنا کہا۔

(انگریزی افسانہ)(آسکر وائلڈ)

(۸) مردہ عورت

مجھے اُس سے محبّت تھی، میں اُس پر دیوانہ وار فدا تھا، نثار تھا۔۔۔ ہم محبّت کیوں کرتے ہیں؟۔۔۔ یہ ایک عجیب بات ہے کہ انسان تمام کائنات میں صرف ایک ہستی سے لَو لگائے اور دماغ میں صرف ایک خیال پروان چڑھائے دل میں صرف ایک خواہش ہو اور لب پر صرف ایک نام۔۔۔ وہ شیریں نام جو روح کی گہرائیوں سے نکل کر بار بار لب پر اِس طرح آئے جیسے ایک تندرُو آبشار اپنے منبع سے اُٹھ کر دامنِ کوہسار میں پھیل جائے اور ہم ایک وظیفے کی طرح، تمام دن، زیرِ لب یاد کرتے رہیں۔

میں اپنی محبّت کی رام کہانی نہیں سناؤں گا۔ محبّت کے پاس کہانی کے سوا کیا دھرا ہے؟ اور محبّت کی تمام کہانیاں یکساں ہوتی ہیں۔ میں نے اُسے دیکھا۔ اُس سے ملا اور دل دے بیٹھا۔۔۔ اِن تین فقروں سے سب کچھ ظاہر ہو جاتا ہے۔ کامل ایک سال تک میں نے اُس کی محبّت کی گود میں زندگی گزاری۔ اُس کے طلائی بازوؤں میں، اُس کی یاسمین آغوش میں، اُس کی پیار بھری نظروں میں۔ اُس کے عطر آلود ملبوسات میں، اور اُس کے پُر شوق لفظوں میں، اِس طرح رچا بسا رہا کہ یہ تمیز نہ ہوتی تھی دن ہے یا رات! میں مردہ ہوں یا زندہ، اُسی پرانی زمین پر ہوں یا دوسری دنیا میں؟

آخر وہ مر گئی۔۔۔ کس طرح۔۔۔؟ میں نہیں جانتا۔ میں اب نہیں جانتا۔

برسات کے موسم میں ایک دن شام کو وہ بارش میں بھیگی ہوئی گھر آئی۔ دوسرے دن اُسے کھانسی ہو گئی۔ ہفتے بھر تک کھانسی میں مبتلا رہی۔ اور آخر بسترِ علالت پر ایسی پڑی

کہ پھر نہ اُٹھی۔ پھر کیا ہوا؟ میں اب نہیں جانتا۔

ڈاکٹر آئے، نسخے تجویز کیے اور چلے گئے۔ دوائیں آئیں۔ ایک عورت نے اُس کو پلائیں۔ اُس کے ہاتھ گرم تھے۔ اُس کی پیشانی پسینے پسینے اور گرمی کے مارے دہک رہی تھی۔ اُس کی آنکھیں چمکدار اور حسرت بھری تھیں۔ میں نے اُس سے باتیں کیں اُس نے مجھے ہر ایک بات کا جواب دیا۔۔۔ ہم نے ایک دوسرے سے کیا کچھ کہا؟ کیا کچھ نہ کہا ہو گا! مگر اب مجھے یاد نہیں اب میں سب کچھ بھول گیا۔۔۔ سب کچھ۔۔۔ ہاں میں نے سب کچھ بھلا دیا۔۔۔ وہ مر گئی۔۔۔ مجھے اُس کی ہلکی سی آہ اچھی طرح یاد ہے۔۔۔ کس قدر کمزور آہ تھی۔ جو آخری مرتبہ اُس کے ہونٹوں سے نکلی۔۔۔ اتنے میں نرس کے منہ سے نکلا "آہ "اور میں سمجھ گیا۔

میں اُس وقت سے لے کر اب تک کچھ نہیں سمجھ سکا۔ کچھ بھی نہ سمجھ سکا۔ میں نے ایک پادری کو دیکھا جو "میری محبوبہ " کے متعلق باتیں کر رہا تھا۔ میں نے محسوس کیا کہ وہ اُس کی ہتک کر رہا ہے۔ اُس کے مرنے کے بعد کسی کو اُس کے متعلق کچھ جاننے کا حق نہ تھا۔ میں نے اُسے اپنے گھر سے باہر نکال دیا۔ ایک اور آیا وہ بہت نیک دل اور شریف تھا۔ جب اُس نے مرحومہ کے متعلق مجھ سے باتیں کیں۔ تو میں بے اختیار رو پڑا۔

لوگوں نے اُس کے کفن دفن کے متعلق مجھ سے ہزاروں باتوں کے بارے میں ہدایتیں طلب کیں۔ مجھے اب یاد نہیں کہ وہ کیا کیا تھیں؟ لیکن مجھے اُس کا کفن اچھی طرح یاد ہے اور وہ۔۔۔ ہتھوڑے کی چوٹوں کی آوازیں جو اُسے تابوت میں رکھنے کے بعد تابوت بند کرتے ہوئے پیدا ہوئیں۔ الٰہی تیری پناہ!

وہ دفنا دی گئی۔۔۔ وہ! وہ۔۔۔ ایک سوراخ میں۔۔۔ آہ ایک قبر میں سُلا دی گئی۔ دبا دی گئی۔ چند اشخاص آئے۔۔۔ میرے احباب! غم کی تاب نہ لا کر میں وہاں سے بھاگ

کھڑا ہوا دیوانہ وار بھاگا۔۔۔ گھنٹوں گلی کوچوں میں آوارہ پھرتا رہا۔ خدا جانے کب گھر پہنچا۔ اور کب سفر کو روانہ ہوا۔

پرسوں پیرس واپس آیا۔

جس وقت میں نے اپنی خوابگاہ کو۔۔۔ ہماری خوابگاہ کو دوبارہ دیکھا۔ ہمارے بستر کو، ہمارے تکیوں کو، ہمارے آرائشی سامان کو، ہمارے مکان کو جو اَب تک اُن تمام ماتمی علامتوں اور حزن انگیز حکایتوں سے لبریز تھا، جنھیں بے رحم موت! اپنے پیچھے چھوڑ جاتی ہے میرا صدمہ اِس تیزی سے تازہ ہوا کہ میں نے جلدی سے دروازہ کھولا اور باہر کی طرف بھاگا۔

میں زیادہ دیر تک اُس مہلک فضا میں، اُس سوگوار فضا میں نہیں ٹھہر سکتا تھا۔ اُن چار دیواروں میں جو ایک دن اس کی محافظ تھیں اور جو اَب بھی اپنے نامحسوس خلاؤں میں اُس کی موجودگی کے، اُس کے تنفّس کے ہزاروں آثار باقی رکھیں گے۔۔۔ میں نے اپنی ٹوپی اُٹھائی اور دروازے کی طرف بھاگا۔ میں ہال کے بڑے آئینے کے پاس سے گزرا۔ وہ آئینہ جو اُس نے یہاں اِس لیے لگایا تھا کہ وہ روزانہ باہر جانے سے پہلے اُس کی سطح پر اپنے حسین مجسمے کا سر سے پاؤں تک معائنہ کر سکے۔۔۔ اپنی آرائش کی کامیابی کا اندازہ کر سکے۔ اپنی دل کشی اور دلفریبی کا جائزہ لے سکے۔

میں ساکت وصامت، اُس آئینے کے سامنے کھڑا رہ گیا۔ یہ آئینہ۔۔۔ جس نے بارہا اُس کا دیدار کیا تھا۔۔۔ اتنی بار کہ اُس میں یقیناً اُس کا مجسمہ سما گیا ہو گا۔ ثبت ہو چکا ہو گا۔

لرزتے ہوئے جسم کے ساتھ میں وہاں کھڑا رہا۔ میری آنکھیں آئینے کی صاف شفاف سطح پر جمی رہیں۔ وہ سطح جس کی گہرائیاں اب خالی تھیں۔ وہ گہرائیاں جو کبھی اُس کے سراپائے حسن کی حامل تھیں۔ جو اُس کے تمام وکمال وجود کو اِس طرح اپنے آغوش

میں لے لیا کرتی تھیں۔ جس طرح میں لیا کرتا تھا۔ اِس قدر مکمل طور پر جس قدر میری محبّت بھری نظریں محیط ہو جانے کی عادی تھیں۔ مجھے اِس آئینے سے محبّت ہو گئی تھی۔۔۔ میں نے اُس کو چھوا۔ وہ سرد اور افسردہ تھا۔ آہ یاد! یاد!۔۔۔ مغموم، پژمردہ، زندہ، ہولناک آئینہ! ہماری تمام تکلیفوں کا باعث! خوش نصیب ہے۔ وہ جس کا دل، آئینے کی سطح کی طرح جس پر ہزاروں سائے اور نقشے اُبھرتے اور مٹ جاتے ہیں۔ تمام چیزوں کو فراموش کر دیتا ہے۔ تمام نقوش کو، جو رنج و غم ہو یا عیش و مسرّت کے، عشق و محبّت کے ہوں یا سوگ اور ماتم کے!۔۔۔ آہ مجھ پر کیسی بپتا پڑی!

میں باہر نکل آیا اور بغیر ارادہ کئے۔۔۔ بغیر یہ جانے کہ میں نے کیا کیا۔۔۔ بغیر چاہے قبرستان میں آ پہنچا۔ میں جلد ہی اُس کی سادہ قبر تلاش کر لی جس کی مرمری صلیب پر یہ عبارت کندہ تھی۔

"وہ محبّت کرتی تھی۔ اُس سے محبّت کی جاتی تھی۔ اور وہ مر گئی۔"

وہ یہاں خوابیدہ تھی۔۔۔ اِس حقیر زمین کے اندر خوابیدہ تھی۔ بربادیوں کا مرقّع! تباہیوں کا ہجوم! دہشت ناک، عبرت ناک!۔۔۔ میں رو پڑا۔ قبر پر پیشانی رکھ کر روتا رہا۔

مجھے اِس حالت میں کافی دیر ہو گئی۔ میں نے دیکھا کہ رات کی تاریکی چھا رہی ہے۔ یہ سماں دیکھ کر ایک عجیب وحشیانہ دھُن، خواہش، ایک حسرت زدہ اور بدنصیب عاشق کی خواہش، میرے دل میں پیدا ہوئی۔ میں نے اُس کے قریب رات گزارنا چاہا۔ ایک آخری رات۔۔۔ اُس کی قبر پر رونے کے لیے۔۔۔ ڈر تھا کہ کوئی دیکھ لے گا۔ اور مجھے قبرستان سے نکال دیا جائے گا میں کیا کر سکتا تھا؟ میں نے سمجھ سے کام لیا۔۔۔ وہاں سے اُٹھ کھڑا ہوا اور ہمیشہ کے لیے بچھڑنے والوں کی دنیا میں اِدھر اُدھر پھرنے لگا۔۔۔ پھرتا رہا۔۔۔ آوارہ پھرتا رہا۔ ہمارے عظیم الشان اور وسیع و عریض شہر کے قریب یہ کتنا مختصر شہر

ہے۔ زندہ انسانوں کے شہر کے قریب۔ درحالیکہ زندہ شہر کے باشندوں سے اِس خاموش بستی کے مکینوں کی تعداد کہیں زیادہ ہے۔

ہمیں زندگی بسر کرنے کے لیے کیسے کیسے طویل مکانات، محلّے اور وسعتیں درکار ہیں۔۔۔ ہماری اِن گنتی کی چار نسلوں کے لیے جو بیک وقت دن کی روشنی سے لطف اُٹھاتی ہیں۔ چشموں اور فوّاروں کا پانی اور انگوروں کا عرق پیتی ہیں۔ اور لہلہاتے ہوئے کھیتوں کا اناج کھاتی ہیں۔ اِس کے مقابلے میں مُردوں کی بے شمار نسلوں کے لیے عدم رسیدہ انسانوں کی کثیر النمو آبادیوں کے لیے ابتدا سے لیکر ہمارے عہد تک، کسی چیز کی ضرورت نہیں۔ زمین اِن کا خیر مقدم کرتی ہے۔ فراموشی اِن کو چادر اُڑھاتی ہے اور بس رخصت!

نئے قبرستان کے خاتمے پر پہنچ کر میں پُرانے قبرستان میں جانکلا۔ وہ فراموش شدہ بستی، جہاں صدیوں پیشتر کے مردے اپنے خاکی جسم کو، خاکی پردے میں چھپانے کے لیے آئے تھے۔ جہاں بہت سی قبروں کی صلیبیں شکستہ و بوسیدہ حالت میں سر بسجود ہو رہی تھیں۔ اور جہاں کچھ عرصہ کے بعد نئے آنے والے اپنی آرامگاہ بنائیں گے۔ یہ مقام جنگلی گلاب اور شمشاد و صنوبر کے پودوں کی چھاؤں میں آباد ہے۔ ایک مُرجھایا ہوا مگر شاندار باغ! جس نے مغرور انسان کے قرمزی خون سے نشوونما پائی ہے۔

میں تنہا تھا۔۔۔ بالکل تنہا۔ میں ایک سبز درخت کی آڑ میں ہولیا۔ میں نے اپنے آپ کو اُس کی گھنیری اور اندھیری شاخوں میں چھپالیا۔ اور اُس کے تنے سے اِس طرح لپٹ گیا جیسے کوئی کشتی شکستہ مسافر مستول سے لپٹ جاتا ہے۔

جب رات کی تاریکی۔۔۔ بیحد تاریکی۔۔۔ ہمہ گیر تاریکی۔۔۔ زیادہ بڑھ گئی۔ پھیل گئی تو میں اپنی جائے پناہ سے نکلا اور دبے دبے قدموں کے ساتھ آہستہ آہستہ۔۔۔ چپ چاپ اِس شہر خاموشاں میں چلا۔

میں دیر تک آوارہ گردی کرتا رہا۔۔۔ دیر تک۔۔۔ بہت دیر تک۔۔۔! میں اُسے دوبارہ نہ پاسکا۔ اشتیاق سے کھلی ہوئی باہوں اور انتظار میں کھلی ہوئی آنکھوں کے ساتھ، میں مختلف قبروں کی لوحوں اور تعویذوں سے اپنے ہاتھ، پاؤں، گھٹے، سینہ اور سر ٹکراتا ہوا پھرتا رہا۔ مگر وہ نہ ملی۔

میں نے ایک اندھے کی طرح، جو راستے کی تلاش میں سرگرداں ہو، قبرستان کی چیزوں کو چھوا اور محسوس کیا۔ اپنی انگلیاں مُردوں کے ناموں پر پھیرتے ہوئے الفاظ کی کھدائی اور گہرائی کے اندازہ سے اُن کے نام پڑھے۔۔۔ اللہ کیسی ڈراؤنی رات! کتنی اندھیری رات!۔۔۔ مگر وہ مجھے نہ ملی۔

چاند غائب ہے! کتنی اندھیری رات ہے! مجھ پر دہشت طاری ہو گئی۔۔۔ خوفناک دہشت! قبروں کی دو طرفہ قطاروں کے درمیان، تنگ و مختصر راستے۔۔۔ اور قبریں۔۔۔ قبریں ہی قبریں۔۔۔ چاروں طرف قبریں۔۔۔ میرے بائیں طرف، میرے دائیں طرف، میرے سامنے میرے چاروں طرف قبریں۔۔۔ ہر جگہ ہر قدم پر قبریں۔۔۔ میں ایک قبر پر بیٹھ گیا۔۔۔ کیونکہ میرے گھٹنے کانپ رہے تھے اور اُن میں چلنے کی طاقت نہیں رہی تھی۔

میں نے اپنے دل کی دھڑکن سُنی اور ساتھ ہی ایک اور آواز۔۔۔ ایک مبہم اور بے نام آواز۔۔۔ اِس اندھیری اور گھنیری رات میں یہ آواز میرے دہشت زدہ دماغ ہی میں پیدا ہوئی تھی یا اِس پُراسرار زمین سے جہاں لاشیں بوئی جاتی ہیں۔ سنائی دی تھی؟۔۔۔ میں نے اپنے چاروں طرف دیکھا۔۔۔ میں وہاں کتنی دیر ٹھیرا، مجھے کچھ ہوش نہیں۔۔۔ میں خوف اور دہشت کے مارے لرزہ بر اندام تھا۔۔۔ ہیبت کے اثر سے مبہوت تھا۔۔۔ قریب تھا کہ میری چیخ نکل جائے! قریب تھا کہ میں مر جاؤں!

معاً مجھے ایسا معلوم ہوا کہ قبر کی مرمری سل کو جس پر مَیں بیٹھا تھا۔ جنبش سی ہوئی۔۔۔ سچ تو یہ ہے کہ وہ سچ مچ ہل رہی تھی۔ جیسے کوئی اُسے اُوپر کی طرف اُٹھا رہا ہو۔۔۔ میں ایک ہی جست میں اچھل کر قریب کی قبر پر جا گرِا اور۔۔۔ اور میں نے دیکھا۔۔۔ ہاں میں نے دیکھا کہ وہ پتھر جسے میں نے ابھی ابھی چھوڑا تھا۔ وہ بالکل سیدھا اُٹھتا چلا گیا اور۔۔۔ اور مُردہ نمودار ہوا۔۔۔ ایک برہنہ پنجر جو پتھر کو اپنی جھکی ہوئی کمر سے دھکیل رہا تھا۔۔۔ میں نے دیکھا۔۔۔ میں نے صاف طور سے دیکھا۔۔۔ ہر چند کہ رات بہت زیادہ اندھیری تھی۔ مگر میں نے صلیب پر لکھا دیکھا:-

"یہاں جیکس اولیونٹ مدفون ہے۔ جو ۵۱ سال کی عمر میں اِس دُنیا سے رخصت ہوا۔ وہ بہت نیک اور خدا ترس انسان تھا۔ اپنے اہل و عیال سے محبّت کرتا تھا۔ اُس نے خدا کی رحمت کی چھاؤں میں بسیرا کیا۔"

مُردہ خود بھی اپنی قبر کی اِس عبارت کو پڑھ رہا تھا۔۔۔ یک بیک اُس نے راستے سے ایک پتھر اُٹھایا۔ اور ایک چھوٹا سا۔ مگر نوکدار پتھر۔۔۔ اور اُس سے اُن حرفوں کو کھرچنے لگا۔ یہاں تک کہ اُس نے تمام عبارت کی جگہ کو دیکھتے ہوئے، ایک پتلی ہڈی کے آخری سرے سے، جو کبھی اُس کی انگشت شہادت تھی، اُس نے ایسے روشن حروف میں، جیسے پُرانی قسم کے دیا سلائی کے مسالے سے رات کو دیواروں پر چمکتے ہیں۔ یہ عبارت لکھی۔

"یہاں جیکس اولیونٹ مدفون ہے جو ۵۱ سال کی عمر میں اِس دنیا سے رخصت ہوا۔ وہ اپنی بد مزاجی اور سختی کے باعث اپنے باپ کی قبل از وقت موت کا سبب بنا۔ کیونکہ وہ ورثہ پانے کے لیے بے چین تھا۔ اُس نے اپنی بیوی کو شدید اذیّتیں پہنچائیں، اپنے بچے کو ایذا اور ہمسایوں کو دغا دی۔ امکانی حد تک لوگوں کو لُوٹا اور بالآخر ذلیل اور کمینہ موت مرا۔"

مُردے نے تحریر ختم کی اور کچھ دیر سوچتا رہا۔۔۔ اب مڑ کر دیکھتا ہوں تو تمام قبریں کھلی نظر آئیں۔ تمام مردے باہر نکل آئے تھے اور اپنے اپنے رشتہ داروں کی غلط نویسیوں کو، صلیبوں پر سے مٹا رہے تھے اور اُن کی بجائے سچی باتیں تحریر کر رہے تھے۔

میں نے دیکھا کہ یہ شہرِ خموشاں کے بے ضرر مکین، سب کے سب اپنی زندگی میں، اپنے رشتہ داروں کے قاتل رہ چکے تھے۔۔۔! یہ ہر قسم کے الزامات سے بلند اور پاک افراد! یہ شریف باپ، یہ نیک مائیں، یہ وفادار میاں بیوی، یہ فداکار فرزند، یہ معصوم دوشیزائیں، یہ راست باز تاجر، یہ اچھے مرد اور عورتیں! یہ کیا تھے؟ ظالم! بے رحم! بے وفا! مکار! کاذب! فریبی! ریاکار! حاسد اور کینہ توز!!!

ایک انداز اور ایک طریقے سے، تمام کے تمام مُردے اپنے ابدی مسکن کے آستانے پر، وہ وحشی، خوفناک، مگر مقدس صداقتیں ثبت کر رہے تھے۔ جن سے اِس مدہوش دنیا میں ہر فرد بشر انجان ہے۔ یا انجان رہنے کا دھوکا دیتا ہے۔

مجھے خیال آیا کہ وہ بھی اپنی قبر پر اِسی طرح کچھ نہ کچھ ضرور لکھ رہی ہو گی۔ یہ خیال آتے ہی میں بے خوفی سے کھلی ہوئی قبروں کے درمیان، لاشوں کے درمیان، پنجروں کے درمیان دوڑتا ہوا اُس کی طرف چلا۔ مجھے یقین تھا کہ اُسے پالوں گا۔ میں نے دُور ہی سے اُسے پہچان لیا۔ اگرچہ میں اُس کا چہرہ جو کفن میں لپٹا ہوا تھا نہ دیکھ سکا۔

مرمری صلیب پر، جہاں میں نے ابھی ابھی یہ عبارت لکھی دیکھی تھی کہ۔

"وہ محبّت کرتی تھی۔ اُس سے محبت کی جاتی تھی۔ وہ مر گئی"۔

اب اُس کی بجائے لکھا تھا۔

"اپنے عاشق کو دھوکا دے کر کسی دوسرے عاشق سے ملنے باہر گئی تھی کہ بارش میں بھیگنے سے سردی لگ گئی اور وہ مر گئی۔" ایسا معلوم ہوتا ہے کہ مجھے وہاں سے لوگوں نے

صبح آکر اُٹھایا۔ اِس حالت میں کہ میں بے ہوشی و بے خبری کے عالم میں ایک قبر کے نزدیک پڑا تھا:

یا وفا خود نہ بود در عالم
یا مگر کس دریں زمانہ نہ کرد! (سعدی)

(فرنچ افسانہ)(موپاساں)

(۹) پہاڑی کھیت میں !

ڈوبتے ہوئے سورج کی زردی مائل سُرخی رکتی جھجکتی آسمان کے دامن سے جُدا ہوئی، کھیتوں اور جنگلوں کی کھُلی فضا پر روشنی بتدریج تاریکی میں گم ہوتی گئی۔۔۔ گاؤں میں اندھیرا پھیل گیا۔ ساتھ ہی کسانوں کے گھروں کی چھوٹی چھوٹی کھڑکیوں سے دھندلی دھندلی روشنی کی کرنیں سامنے کی طرف بڑھنے لگیں۔

شام خاموش اور پُر سکوت تھی مویشی کے گلّے جنگلوں سے واپس ہو گئے تھے، کسان اپنا اپنا کام ختم کر کے لوٹ چکے تھے، اور اپنی اپنی جھونپڑیوں کے سامنے پتھروں پر کھانا کھا کر چپ چاپ لیٹ رہے تھے۔ نہ گیتوں کی آواز آتی تھی۔ نہ بچوّں کی چیخ و پکار سنائی دیتی تھی۔

خدائی اور خدائی کی ہر چیز گہری نیند میں تھی، کپتان آئی ونچ، بھی اپنے گھر کی کھلی کھڑکی کے سامنے بیٹھا ہوا نیند کے مزے لے رہا تھا۔

اُس کا گھر اور کھیت دونوں ایک پہاڑی پر واقع تھے۔۔۔ کیکر اور بکائن کے چھوٹے چھوٹے پودوں کی قطاریں جن کے دامن میں بچھو بُوٹی اور دوسری خود رَو جھاڑیاں اُگی ہوئی تھیں۔۔۔ وادی کے سامنے نشیبی زمین کے ساتھ ساتھ۔ نیچے کی طرف جھکی نظر آتی تھیں، کھڑکیوں میں سے نگاہ، شاخوں سے گزر کر دور دور تک کی خبر لا سکتی تھی۔

شفق کی چھاؤں میں ڈوبے ہوئے کھیت اور میدان خاموش تھے۔ ہوا میں خشکی اور گرمی کا اثر تھا۔ آسمان پر ستارے شرمیلے اور پُر اسرار انداز سے تھر تھرا رہے تھے،

جھاڑیوں کے درمیان کھڑکیوں کے نیچے چند ٹڈّے آہستہ آہستہ اپنا صحرائی راگ الاپ رہے تھے، نشیب کی طرف سے کسی بٹیر کی موزوں آواز "پٹیلو پٹیلو" سنائی دے رہی تھی۔

کپتان آئی ونچ حسبِ معمول تنہا تھا۔

شاید اُس کے نوشتۂ تقدیر ہی میں یہ لکھا تھا کہ وہ اپنی تمام زندگی تنہا گزارے گا۔ اُس کے ماں باپ جو بہت غریب لوگ تھے، اور شہزادۂ نوگیسکی، کے ہاں زندگی کے دن پورے کر رہے تھے، اُسے ایک سال کی عمر میں چھوڑ کر مر گئے تھے۔ اُس کا بچپن اپنی ایک سودائی اور دوشیزہ پھوپھی کے ہاں اور جوانی کا زمانہ سپاہی زادوں کے مدرسے میں گزارا تھا۔ عالمِ شباب میں اُس نے اپنے ہاں کے رومانی شاعروں ڈیلوگ اور کولٹسو کی تقلید میں بہت سی عاشقانہ نظمیں لکھی تھیں۔ جو سب کی سب کسی "سلمٰی" کے تذکروں سے لبریز تھیں، اُس کی "سلمٰی" اینا نامی ایک لڑکی تھی۔ جس کا باپ مقامی رجسٹرار کے دفتر میں کام کرتا تھا۔ افسوس کہ کپتان کی سلمٰی کو اُس سے محبت نہ تھی۔

لوگ کہتے تھے کہ وہ ایک شریف نوجوان ہے مگر اِس کا کیا علاج کہ اُس کی وضع و قطع میں کوئی قابلِ توجّہ بات نہ تھی، وہ دُبلا، پتلا اور کسی قدر لانبا تھا اور اِسی لیے اُس کے دوست مزاجی انداز میں اُس کو اکثر و بیشتر "شمشاد قامت" کہا کرتے تھے۔

شہزادے کے رُسوخ کی وجہ سے، جو بجا طور پر کپتان کے باپ کی حیثیت سے یاد کیا جاتا تھا، اُسے فوج میں کپتان کا عہدہ مل گیا تھا، لیکن پھوپھی کے انتقال پر جب ورثے میں کافی روپیہ ہات آیا تو اُس نے فوجی ملازمت سے استعفا دے دیا، اب وہ اپنے آپ کو کسی ناول کے ہیرو سے کم نہیں سمجھتا تھا۔ اُس کے بال رُوس کے تازہ ترین فیشن یعنی پولینڈ کے انداز کے مطابق ہوتے تھے، مگر۔۔۔ یہ سب باتیں لاحاصل اور بے سُود ثابت ہوئیں۔

کپتان کی "سلمٰی" اپنے ایک دوست کے ہاں چند روز کے لیے مہمان گئی تھی۔ خوبیِ

تقدیر کہ اُس نے وہیں شادی کر لی، اور بد نصیب کپتان کی رومانی شاعری اُس کی بیاض میں دفن ہو کر رہ گئی، جہاں وہ اُس کی موت تک مدفون رہی۔ غریب نے کاشتکاری کا کام شروع کر دیا اور ساتھ ہی مقامی حکومت کے دفتر میں ملازمت کی کوشش کی مگر قسمت نے یہاں بھی ساتھ نہ دیا۔۔۔ افسرِ اعلیٰ نے ایک مرتبہ لوکل جنٹلمین کلب میں ناشتہ کرتے ہوئے کہا تھا، "کپتان آئی ونچ ایک شریف انسان ہے مگر خواب وخیال کا پرستار، ایسا شخص جو اپنے زمانے کے بعد تک باقی ہو۔"

کپتان آئی ونچ نے پاس پڑوس کے خوردہ فروشوں سے دوستی کی۔ ڈوجام وکیل سے غیر معمولی مراسم بڑھنے کی وجہ سے وہ اُس کا ہم نوالہ وہم پیالہ بن گیا۔ دِن گزر گئے، مہینے برسوں سے بدل گئے اور کپتان ہمیشہ کے لیے ایک کسان بن کر رہ گیا۔ وہ ایک دوہری چھاتی کا لمبا سا کُرتا پہنا کرتا تھا، جو اُس کے گھٹنوں تک پہنچتا تھا۔ اُس کی مونچھیں سیاہ اور لانبی تھیں۔ لیکن اب وہ یکسر فراموش کر چکا تھا۔ کہ اُس کی شکل وصورت کیسی معلوم ہوتی ہے؟ حقیقتاً اُسے بالکل خبر نہ تھی کہ اُس کا پتلا اور جھرّیوں والا چہرہ اپنے شفقت آلود اثر کے ساتھ بہت دل کش نظر آتا تھا۔ آج وہ اداس تھا، صبح سویرے جب اُس کی خادمہ پیس اگریضیا اندر آئی تھی، تو اُس نے اثنائے گفتگو میں یہ بھی کہا تھا:۔

جناب! آپ اینا گریگوریون کو تو جانتے ہوں گے؟

"ہاں" کپتان آئی ونچ نے جواب دیا۔

"بیچاری مر گئی، اِس اتوار کو اُسے دفنا دیا گیا۔"

تمام دن کپتان آئی ونچ کے ہونٹوں پر ایک مبہم اور بے معنی پھیکی پھیکی مسکراہٹ چھائی رہی۔ شام کے وقت۔۔۔ اور شام خدا جانے کیوں خاموش اور افسردہ تھی۔۔۔ نہ تو اُس نے کھانا کھایا اور نہ وقت پر سونے گیا۔ جیسا کہ اُس کا معمول تھا۔ بلکہ اُس نے سیاہ

رنگ کے سخت تمباکو کا ایک موٹا سا سگریٹ تیار کیا اور کھڑکی میں ٹانگیں پھیلا کر کرسی پر بیٹھ گیا۔

وہ کہیں باہر جانا چاہتا تھا۔۔۔ اُس شخص کی طرح جو سکون کے ساتھ سوچنے کا عادی ہو۔ اُس نے اپنے دل سے پوچھا۔ "کہاں؟"۔۔۔ کیا بٹیروں کا شکار کرنے؟۔۔۔ مگر وقت گزر گیا تھا، اور اُسے کوئی ساتھی نہیں مل سکتا تھا۔

وہ باہر جائے یا نہ جائے؟۔۔۔ اُسے بٹیروں کے شکار سے مطلقاً رغبت نہ تھی۔ اُس نے آہ بھری اور اپنی ٹھوڑی پر جس کے بال دو چار دن سے صاف نہیں کیے گئے تھے، ہات پھیرا۔

"بیشک" اُس نے سوچا۔ "انسانی زندگی مختصر اور مجبور ہے۔۔۔ ابھی کل کی بات ہے کہ وہ ایک بچّہ تھا۔۔۔ بچّے سے جوان ہوا، پھر وہ فوجی مدرسہ۔۔۔ پھر ایک دن آیا کہ اُس کی پھوپھی۔۔۔ اُس کی پھوپھی!۔۔۔ وہ کیسی عجیب تھی، وہ اُسے اچھی طرح یاد تھی۔۔۔ ایک دبلی پتلی بوڑھی دوشیزہ۔۔۔ میلے کچیلے خشک اور سیاہ بالوں، اور خالی خالی آنکھوں والی!۔۔۔ لوگ کہتے تھے کہ اُس کے سودائی ہونے کا سبب یہ تھا کہ اُسے محبت میں ناکامی نصیب ہوئی تھی۔۔۔ اُسے یاد تھا کہ کس طرح اُس نے بورڈنگ اسکول کی ایک پرانی رسم کے مطابق فرنچ قصے کہانیاں حفظ کر لی تھیں اور وہ اُنھیں احمقانہ رنگ، متین چہرہ بنا کر اور آنکھوں کو اوپر کی طرف گھما گھما کر دہرایا کرتی تھی۔۔۔ پھر اُسے وہ گیت یاد آیا جس کا عنوان تھا "نغمۂ فراق" اُس کی زبانی یہ گیت کتنا عجیب معلوم ہوتا تھا، بوڑھی کنواری اُسے کیسی از خود رفتگی کے عالم میں سناتی تھی۔

"آہ! وہ "نغمۂ فراق"۔۔۔ "وہ" بھی تو اُسے پیانو پر بجایا کرتی تھی۔۔۔! آسمان پر ستارے پر اسرار انداز میں چمک رہے تھے، ٹِڈے گنگنا رہے تھے، اُن کی دھیمی آواز شام

کی خاموش فضا کو لوری دے کر تھرتھرا دیتی تھی،۔۔۔ کمرے میں ایک پرانا پیانو پڑا تھا۔ کھڑکیاں کھلی تھیں۔ اگر "وہ" اِس وقت اندر آجائے۔۔۔ ایک خواب کی طرح۔۔۔ اُس کی روح نظروں سے چھپ کر اندر آجائے اور پیانو کو بجانا شروع کردے! اِس کے پرانے پردوں کو چھیڑ دے۔۔۔ اور پھر وہ دونوں مل کر گھر سے باہر جائیں! گیہوں کے کھیتوں میں سے جو پگ ڈنڈی گزرتی ہے۔۔۔ اُس پر سیدھے چلے جائیں۔۔۔ دُور بہت دُور۔۔۔ وہاں، جہاں۔۔۔ مغربی آسمان میں روشنی چمکتی نظر آتی ہے۔

کپتان آئی ونچ نے اپنے جذبات کو مغلوب کیا اور مسکرا دیا۔

"تصوّر نے اب تک میرا پیچھا نہیں چھوڑا"۔ اُس نے بلند آواز سے کہا۔ ٹڈے شام کی خاموش ہوا میں گنگنا رہے تھے، باغ کی طرف سے شبنم سے لدے ہوئے صبح کے پھولوں کی بھینی بھینی خوشبو آرہی تھی، یہ خوشبو بھی اُس کو ایک شام کی یاد دلا رہی تھی۔۔۔ جب وہ شہر سے دیر میں گھر لوٹا تھا۔ اُس وقت "اُس" کے تصوّر میں کھویا ہونا اور خوشی کی امیدوں کو تازہ کرنا، اُسے کس قدر خوش آئند محسوس ہوتا تھا۔

جب وہ کھیت کی طرف چلا تو گاؤں کی کسی کھڑکی میں سے بھی روشنی کی جھلک نظر نہ آتی تھی۔ حدِّ نظر تک پھیلے ہوئے تاروں بھرے آسمان کے نیچے ہر ایک شے خوابیدہ تھی۔ اپریل کی راتیں اندھیری اور گرم ہوتی ہیں۔ باغ سے شاہ دانے کی کلیوں کی ہلکی ہلکی بھینی بھینی مہکار آرہی تھی۔ تالابوں میں مینڈک نیند کی حالت میں ٹرٹر کر رہے تھے۔

ایسی دھیمی موسیقی۔۔۔ جو اُس وقت سنائی دیتی ہے۔ جب بہار کی سحر طلوع کے قریب ہو۔

باغ والے مکان میں پیال پر پڑ کر سو رہنے سے پہلے وہ دیر تک پریشان خیالوں میں کھویا رہا۔ گھنٹوں اُس نے اُن خیالات کی گتھیاں سلجھانے کی کوشش کی جن کا سررشتہ دور

دست خوابوں کے سرابی بادلوں میں کھو گیا تھا۔ اتنے میں کسی فراموش شدہ چشمے سے بگلے کی چیخ سنائی دی، یہ کس قدر پر اسرار معلوم ہوتی تھی، باغ کی تاریکیاں بھی پُر اسرار نظر آنے لگیں۔

طلوعِ سحر سے پہلے باغ کی رسیلی فضا میں سانس لیتے ہوئے اُس نے آنکھیں کھولیں۔ اور مکان کے ادھ کھلے دروازے میں سے صبح کے جھلملاتے ہوئے ستاروں نے اُس کی طرف دیکھا۔

کپتان آئی ونچ اُٹھ کھڑا ہوا اور مکان کے اندر ٹہلنے لگا۔ اُس کے قدموں کی چاپ کمروں میں پھیل کر اور اُن کی جھکی ہوئی اور ٹوٹی ہوئی چھتوں سے ٹکرا کر صدائے بازگشت پیدا کر رہی تھی۔

"یہ چھوٹا سا مکان اسّی برس پرانا ہے۔" کپتان آئی ونچ کو خیال آیا"۔ اب کے موسمِ خزاں میں بڑھئی کو بلانا پڑے گا ورنہ سردیوں میں یہاں رہنا مشکل ہو جائے گا"۔ ٹہلتے ہوئے اُسے اپنی بدہیبتی اور بدزیبی کا احساس ہوا، لانبا اور دُبلا پتلا قدرے کمر خمیدہ، اپنے پرانے بڑے بڑے بوٹ اور کھلے ہوئے بٹنوں کا کوٹ پہنے جس کے اندر سے چھپی ہوئی چھینٹ کی قمیص نظر آ رہی تھی۔ وہ کمرے میں بے ارادہ گھوم رہا تھا، اور ساتھ ساتھ بھویں سکیڑتے ہوئے اور سر ہلاتے ہوئے "نغمۂ فراق" گا رہا تھا۔ اُس نے محسوس کیا کہ اُس کی توجّہ اپنے قدموں کی طرف ہے۔ وہ اپنے متعلق سوچنے لگا، اُس نے کمرے میں اِدھر سے اُدھر ٹہلتے ہوئے اپنے آپ کو ایک اجنبی شخص کے طور پر، خود اپنی تنقیدی نظر کے سامنے پیش کیا، اُس نے محسوس کیا کہ اُس کے سامنے ایک افسردہ شخصیت ہے، جس کا دل غم زدہ ہے اُس نے کارتوس اٹھائے اور گھر سے باہر نکل گیا۔

باہر زیادہ روشنی تھی۔۔۔ آفتاب کی روشنی جو گاؤں کے پیچھے غروب ہو رہا تھا۔ اب

بھی اُس کے مکان کے صحن میں چمک رہی تھی۔

"میکائیل "!!!! کپتان آئی ونچ نے صاف آواز میں بوڑھے چرواہے کو آواز دی۔ مگر کوئی جواب نہ ملا۔ میکائیل اپنا کرتا بدلنے کے لیے گھر چلا گیا تھا۔

"ہائیں۔۔۔ ملی ٹریسا کاربیلونا بھی غائب ہو گئی۔ "کپتان نے باورچن کو تلاش کرتے ہوئے کہا۔

یہ دیکھنے کے لیے کہ وہ دونوں کہاں چلے گئے، کپتان صحن کو طے کر کے گایوں کے باڑے کی طرف آیا کہ شاید مِٹکا، گایوں کے لیے گھاس کاٹنے میں مصروف ہو، وہ اب تک کسی اور چیز کے خیال میں محو تھا۔ اُسی محویت کے قدم اُٹھاتے ہوئے باڑے کے پاس آ کھڑا ہوا۔ "مِٹکا!!!!"اُس نے آواز دی۔ مگر یہاں بھی صدائے بر نہ خاست۔ فقط کواڑ کی آڑ سے گائے کے زور سے سانس لینے اور مرغیوں کے ڈربے سے پر پھٹ پھٹانے کی آوازیں سنائی دیں۔

"مجھے اُن سے کیا کام ہے ؟ "کپتان آئی ونچ نے سوچا اور آہستہ آہستہ بگھی خانے سے اُس جگہ پہنچا جہاں ڈھلوان زمین سے گیہوں کے کھیت شروع ہوتے تھے۔ لڑکھڑاتے اور لٹ پٹاتے قدموں کے ساتھ اُس نے بچھو گھاس کا ایک اندھیرا تختہ عبور کیا اور پہاڑی پر آ بیٹھا، زرد فام شفق کی روشنی میں نشیب کی طرف جھکا ہوا کھلا میدان دور تک نظر آتا تھا۔ پہاڑی کے اوپر سے چاروں طرف پھیلے ہوئے جنگلوں کے نظارے جو ہلکے ہلکے اندھیرے میں ڈوبے ہوئے تھے۔ اُسے اچھی طرح دکھائی دیتے تھے۔

"میں اِس پہاڑی پر بیٹھا ہوا ایک اُلّو کی طرح معلوم ہوتا ہوں۔ "کپتان آئی ونچ نے خیال کیا۔ "لوگ کہیں گے اِس بڈھے کو کوئی کام نہیں!۔۔۔ ہاں سچ تو ہے، میں بوڑھا ہوں "۔اُس نے سوچتے ہوئے آہستہ سے کہا۔

"کیا اپنا گریگوریون مر نہیں گئی؟۔۔۔ ایسا معلوم ہوتا ہے جیسے وہ کبھی تھی ہی نہیں، آخر وہ سب کچھ کیا ہوا؟ کہاں گیا؟ یہ تمام گزرا ہوا زمانہ! وہ گزرے ہوئے زمانے کے لوگ!"

دیر تک وہ دور کے میدانوں اور کھیتوں کو دیکھتا رہا، دیر تک وہ شام کی خاموشی میں کھویا رہا۔ "یہ کیونکر ہو سکتا ہے"۔ اُس نے بلند آواز سے کہا۔ "ہر ایک چیز ویسی ہی ہو جائے گی۔ جیسی پہلے تھی، آفتاب طوع ہو گا، کسان اپنے ہل لیے ہوئے کھیتوں کی طرف جائیں گے، مگر میں اُن کو نہ دیکھوں گا، نہ صرف یہ کہ دیکھوں گا نہیں۔ بلکہ یہاں سرے سے موجود ہی نہ ہوں گا، چاہے ہزار سال ہی کیوں نہ گزر جائیں، مگر میں دوبارہ اِس دنیا میں نہ آؤں گا، نہ اِس دنیا میں آؤں گا، اور نہ اِس پہاڑی پر بیٹھ سکوں گا۔

کتنے سال سے اُس کی آرزو تھی کہ اُسے ایک شاندار اور بلند پایہ مستقبل نصیب ہو۔ پہلے پہل وہ ایک چھوٹا سا، ننھا سا بچہ تھا، پھر وہ جوان ہوا۔۔۔ جوان ہوا پھر ایک دن وہ آیا کہ ایک دُرشکے میں سوار ہو کر وہ اسٹیشن کے لیے جا رہا تھا، گرمی کے دن تھے، اور کھلی سڑک!۔۔۔ اپنے خیالات کی اِس رفتار پر غور کر کے کپتان آئی ونچ مسکرایا۔

لیکن تسلسلِ ایّام ابھی ختم نہیں ہوا۔ ابھی ایک ایسا دن باقی ہے جب بقول لوگوں کے ہر ایک چیز خاتمہ کو پہنچ جاتی ہے۔۔۔ ستّر۔۔۔ اسّی سال۔۔۔ اِس سے آگے کوئی شمار نہیں کر سکتا۔۔۔ لیکن انسانی زندگی چیز کیا تھی؟۔۔۔ طویل ہو یا مختصر۔۔۔!

"میری عمر طویل ہے" کپتان آئی ونچ کو خیال آیا" بہر حال طویل۔"

نیلگوں آسمان پر ایک ستارہ ٹوٹا ایک لمحے کے لیے شام گوں فضا روشن ہو گئی۔ کپتان نے اپنی بوڑھی اور اُداس آنکھیں اوپر اُٹھائیں اور دیر تک غور سے دیکھتا رہا۔ ستاروں کی اِس بے کرانی اور نیلمی فضا کی اِس لامحدودیت نے اُس کے دل کو کسی قدر تسکین پہنچائی۔

بہر کیف اُس کی زندگی پُر سکون تھی۔ پُر سکون گزری تھی۔ اُس کی موت بھی پُر سکون ہو گی۔ بعینہ ایسے جیسے سامنے کے پودے کی کسی شاخ پر کوئی پتی خشک ہو جاتی اور زمین پر گر پڑتی ہے۔

کھیتوں اور میدانوں کا دائرہ رات کی تاریکی میں، مختصر ہوتے ہوتے نظر سے غائب ہو رہا تھا، تاریکی بتدریج گہری ہوتی گئی، ستارے زیادہ درخشاں نظر آنے لگے ٹھہر ٹھہر کر ایک بٹیر کی آواز سنائی دے جاتی تھی۔ گھاس کی خوشبو تازہ تر ہوتی جا رہی تھی۔۔۔ اُس نے آہستہ سے آزادی کے ساتھ گہرا سانس لیا۔

وہ اپنی زندگی پر اِس خاموش فطرت کا کس قدر گہرا اثر محسوس کر رہا تھا!

(روسی افسانہ)(آئیون بنن)

(۱۰) ماں کی ممتا

امیر تیمور گورکانی درّۂ کانہول میں جو گلاب و یاسمین کے سرخ و سفید پھولوں کے ایک حسین ابر پارے سے چھپا ہوا تھا، عیش و نشاط اور ناؤنوش میں مشغول تھا۔

۔۔۔ سمر قندی شاعروں نے اِس درّے کو "پروازِ گل" کے نام سے موسوم کیا تھا۔ اِس دلچسپ مقام سے شہر کے تمام آسمان شکوہ مینار اور مساجد و معابد کے سبز گنبد بخوبی نظر آتے تھے۔۔۔ درّہ کی لمبائی کے گرد پندرہ ہزار رنگین قناتیں بڑے بڑے پنکھوں کی طرح زمین پر قائم تھیں اور اُن پر دیبا و پرنیاں کی جھنڈیاں۔۔۔ ایسا معلوم ہوتا تھا، جاندار پھول ہوا میں تیر رہے ہیں۔

تیمور کا خیمہ اِن قناتوں اور چھولداریوں کے درمیان ایک خوبصورت ملکہ کی طرح نظر آتا تھا۔ جو اپنی خواصوں اور کنیزوں کے حلقہ میں کھڑی ہو۔۔۔ اُس کے خیمے کی قنات، زمین کا مربّع حِصّہ گھیرے ہوئے تھی۔ جس کے چاروں حِصّے تقریباً سو قدم طویل اور تین نیزوں کے برابر بلند تھے۔ خیمہ بارہ طلائی ستونوں پر قائم تھا۔ جو درمیانی حِصّے کے نیچے نصب تھے اور اِس غرض سے کہ کہیں یہ رنگ و بو کا ارضی ابر آسمان کی طرف نہ اُڑ جائے، پانسو سُرخ ریشمیں طنابوں کے ساتھ محکم کر دیا گیا تھا۔ خیمے کے چاروں گوشوں میں ایک ایک چاندی کا بنا ہوا شاہین جو صنعت کا نفیس ترین نمونہ تھا بٹھایا گیا تھا۔۔۔ خیمے کے بیچ میں پانچواں شاہین خود تیمور تھا۔۔۔ وہ شہنشاہ جو نہیں جانتا تھا، مغلوب ہونا کسے کہتے ہیں؟

تیمور کا لباس بہت کشادہ تھا۔ جو آبی رنگ کی زیبا سے تیار کیا گیا تھا اُس پر پانچ ہزار

سے زیادہ مروارید کے دانے ٹکے تھے۔ سر پر سفید اور شکستہ کلاہ جس کے نیچے سے اُس کے سپید و سیاہ بال باہر نکل رہے تھے۔ اُس کی آنکھوں سے جو چاروں طرف نگراں تھیں، خون کا جوش اُبل رہا تھا!

اُس کی آنکھیں چھوٹی اور تنگ تھیں، مگر ہر چیز کو دیکھ رہی تھیں۔۔۔ دیکھ سکتی تھیں۔۔۔ اُن سے زہر کی سی سردی اور خنکی ٹپک رہی تھی! شہنشاہ کے کانوں میں سراندیپ کے عقیق کے دو گوشوارے تھے۔ رنگ میں حسین و جمیل دوشیزاؤں کے ہونٹوں سے ملتے جُلتے!!

خیمے میں نہایت نفیس اور قیمتی قالین بچھے تھے جن پر عیش و عشرت کا سامان مہّیا تھا۔ ایک طرف مُغنّیوں اور سازندوں کا ہجوم تھا۔۔۔ تیمور کے نزدیک اُس کے عزیز و اقربا، دوسرے بادشاہ، خوانین اور فوجی افسر بیٹھے تھے۔ سب سے زیادہ نزدیک اُس کے دربار کا شاعر "کرمانی"۔۔۔ اپنے کیفِ معنوی میں مخمور نظر آتا تھا!

یہ وہی کرمانی ہے جس سے ایک دن تیمور کی اِس طرح گفتگو ہوئی تھی۔

"کرمانی! اگر مجھے فروخت کیا جائے تو تم کتنے میں خریدو گے؟ تیمور نے مسکراتے ہوئے پوچھا۔

"پچیس سپاہیوں کے معاوضے میں۔" کرمانی کا جواب تھا۔ یہ تو صرف میرے زریں پٹکے کی قیمت ہے!" تیمور نے غضبناک ہو کر کہا۔

"میں نے بھی تو اِسی پٹکے کی قیمت لگائی۔ ورنہ خود آپ کی ذات کے لیے تو کوئی ایک درم بھی نہ دے گا۔ کرمانی نے بیباکی سے جواب دیا۔

کیسا زبردست اور جابر شہنشاہ!۔۔۔ کس قدر دہشت انگیز! !۔۔۔ کس قدر ہولناک!!!۔۔۔ اور کرمانی کی یہ بے خوف گفتگو!!۔۔۔ کیا اِس حق گو شاعر کی شہرت،

تیمور کی شہرت سے زیادہ بُلند ہونے کا حق نہیں رکھتی؟

یکایک۔۔۔ اِس بزمِ نوشانوش کے مترنّم اور خوشگوار، ہنگاموں میں ایک آواز۔۔۔ جس طرح بادلوں سے بجلی کوند جاتی ہے۔۔۔ "یئیلدرم بایزید" کے مغلوب کرنے والے کے کانوں میں آئی۔

یہ آواز۔۔۔ ایک عورت کی آواز تھی جو ایک غضبناک شیرنی کی طرح سنائی دی!!

تیمور کے انتقام جُو اور زخمی دل کو، جو اُس کے فرزندِ دلبند کے ضائع ہو جانے کے سبب سے تمام دُنیا اور دُنیا والوں کے خلاف غیظ و غضب سے لبریز ہو گیا تھا۔۔۔ یہ آواز ایک آشنا سی آواز معلوم ہوئی! جامِ عشرت اُس کے ہاتھ سے چھوٹ گیا۔ اُس کے لبوں پر ایک اضطراری لہر دوڑ گئی۔ یہ لہر کہہ رہی تھی۔ "یہ دلخراش آواز کہاں سے آئی؟"

حکم کی تعمیل "بندگانِ دولت" کی گھبراہٹ نے کی، جو چاروں طرف دوڑ گئے تھے۔ شہنشاہ کو جواب ملا۔ "یہ ایک دیوانی عورت کی آواز ہے جو کسی طرح یہاں تک پہنچ گئی ہے۔ شکل و صورت سے فقیرنی معلوم ہوتی ہے، عربی میں گفتگو کرتی ہے اور "فرمانروائے بحر و بر" کی آستاں بوسی کی خواہشمند ہے"!

"فوراً حاضر کی جائے"!! تیمور نے حکم دیا اور۔۔۔ عورت خیمے میں داخل ہوئی۔۔۔ برہنہ پا! پھٹے ہوئے کپڑے! سینہ چھُپانے کے لیے اپنی زلفیں بکھیرے ہوئے! چہرہ کا رنگ اُڑا ہوا۔۔۔ بغیر کسی کپکپاہٹ کے، جو ایسے باجاہ و جلال اور ہیبت ناک شہنشاہ کی موجودگی کا ادنیٰ سا خراج تھا۔۔۔ اُس نے دونوں ہاتھ شہنشاہ کی طرف پھیلا دیے اور بے باکانہ۔۔۔ خود فراموشانہ لہجہ میں گویا ہوئی:۔

"کیا تُو ہی وہ فرمانروا ہے جس نے سلطان بایزید کو مغلوب کیا ہے؟"

ہاں میں ہی ہوں۔۔۔ میں نے ہی بایزید کو اور بایزید ایسے کئی بادشاہوں کو مغلوب

کیا ہے! بتا تُو کیا چاہتی ہے؟" تیمور نے جواب دیا۔

"سُن اے امیر! تُو جو کچھ بھی ہے اور جس حیثیت میں بھی ہے پھر بھی ایک آدمی ہے! لیکن میں۔۔۔ آہ! میں ایک ماں ہوں۔ تُو موت اور ہلاکت کی خدمت کرتا ہے، میں زندگی اور سلامتی کی خدمت کرتی ہوں۔۔۔ تُو انسان کو ہلاک کرتا ہے۔ میری گود میں اُس کی پرورش ہوتی ہے۔ مجھے بتلایا گیا ہے کہ تیرے عقیدے میں انصاف کرنا توانائی میں داخل ہے۔ مگر مجھے یقین نہیں آئے گا، جب تک تُو میری فریاد کو، میری داد کو نہیں پہنچے گا۔" عورت نے کمالِ تمکین و وقار کے لہجہ میں کہا۔ "اِس لیے کہ میں ایک ماں ہوں! ایک دُکھیاری ماں!!"

تیمور نے عورت کی بے خوفی اور بے پروائی کو حیرت سے دیکھا۔ اُس کو بیٹھنے کی اجازت دی۔ "میں سُن رہا ہوں، تم اصل واقعہ سناؤ۔"

عورت، شہنشاہ کے سامنے چار زانو ہو بیٹھی اور کہنے لگی۔ "امیر! میں سالرمو کی رہنے والی ہوں۔۔۔ تُو نے ہرگز اِس جگہ کا نام نہ سنا ہو گا۔ کیونکہ وہ دُور ہے۔۔۔ یہاں سے بہت ہی دُور!۔۔۔ میرا باپ اور شوہر ماہی گیر تھے۔ ایک دن بحری قزّاقوں نے چھاپا مارا اور "۔۔۔ اُس نے روتے ہوئے کہا۔ "دونوں قتل کر ڈالے۔ میرے "۔۔۔ اُس کی ہچکی بندھ گئی۔۔۔ "میرے لختِ جگر کو جو نہایت خوب صورت تھا۔" تیمور کے منہ سے آہ نکل گئی۔ اُس نے دل ہی دل میں کہا۔ "خوبصورت!۔۔۔ میرے لڑکے جہانگیر کی طرح؟ آہ!

"عورت نے اپنا قِصّہ جاری رکھتے ہوئے اور آنکھوں سے سیلابِ درد بہاتے ہوئے کہا۔ "بے رحم قزّاق میرے لڑکے کو پکڑ کر لے گئے۔ آج چار سال!۔۔۔ آہ! پورے چار سال گزرے کہ میں اُس کی تلاش میں دیوانہ وار چاروں طرف پھرتی ہوں مگر کہیں پتہ نشان نہیں ملتا۔۔۔ امیر! میں سمجھتی ہوں۔ میرا لڑکا تیرے پاس ہے، کیونکہ بایزید کے لشکر نے

اُن بحری قزّاقوں کو گرفتار کر لیا تھا اور تُو نے بایزید کو شکست دے کر اُس کا سب کچھ چھین لیا ہے۔۔۔ ضرور ہے کہ میرا لڑکا تیرے پاس ہو گا اور اِس لیے میں چاہتی ہوں تو اُسے میرے سپرد کر دے"!

حاضرینِ دربار عورت کی باتوں پر ہنس پڑے "یہ دیوانی ہو گئی ہے"۔

شاعر کرمانی نے کہا۔ "ہاں یہ دیوانی ہے۔ مگر ایک ماں کی طرح"!

تیمور نے دریافت کیا۔ "بڑھیا! تُو کس طرح اِس قدر دُور دراز راستوں سے اِس جگہ آ پہنچی؟ تُو نے ایسے ایسے پہاڑ اور جنگل کیونکر طے کئے؟ راستے میں وحشی لُٹیروں اور ڈاکوؤں کے ہاتھوں سے کیسے بچی؟"

آہ! ماں کی محبّت!!۔۔۔ ماں کی ہمیں پرستش کرنی چاہئیے۔ دنیا میں کوئی چیز ایسی نہیں ہے، جو ماں کی محبّت کے راستے میں حائل اور مانع ہو سکے انسان کے تمام کامل صفات و حسنات۔۔۔ سب ماں کے دودھ کی چھاؤں میں پرورش پاتے ہیں۔۔۔!! پھول، آفتاب کے بغیر پیدا نہیں ہوتا۔ نیک بختی محبّت کے بغیر نصیب نہیں ہوتی! محبّت، عورت کے بغیر ممکن نہیں اور شاعر اور سپاہی کوئی بھی ماں کے بغیر پیدا نہیں ہو سکتا۔۔۔!

مظلوم عورت نے مکرّر کہا۔ "تیمور! میرا لڑکا مجھے دلا دے!"

شاعر کرمانی بولا۔ "ماؤں کی ہمیں پرستش کرنی چاہئیے۔ اِس لیے کہ وہ ہمارے لیے بڑے بڑے آدمی پیدا کرتی ہیں اور آدمیوں کو بلند مرتبہ پر پہنچاتی ہیں۔۔۔ ارسطو، فردوسی اور سعدی اپنی شہد آمیز شیریں زبانی کے ساتھ۔۔۔ عمر خیّام اپنی شراب کی سی زہر آلود رباعیوں کے ساتھ۔۔۔ سکندر، ہومر اور بہرام گور۔۔۔ یہ سب عورت کے، ایک ماں کے بچّے ہیں"!

تیمور اُس وقت عورت کی باتوں سے کسی گہری فکر میں چلا گیا۔ پھر سر اُٹھا کر۔۔۔

اُس نے حکم دیا کہ "تین سو شہسوار فوراً اُس لڑکے کی تلاش میں روانہ ہو جائیں، جو شخص ڈھونڈ کر لائے گا۔ اُسے انعام دیا جائے گا۔۔۔" پھر اُس نے آہ بھر کر کہا۔۔۔ "میں سمجھ گیا۔ یہ عورت اِس قدر بے پروا اور بے خوف کیوں ہے ا!۔۔۔ چونکہ وہ ماں ہے ا!۔۔۔ ایک محبّت کرنے والی ماں! اور کوئی ماں نہیں ہوتی جو محبّت نہ کرتی ہو!! لڑکے کے کھو جانے سے اِس کے دل میں آگ سی بھڑک رہی ہے۔۔۔ ایسی آگ! جو برسوں تک، قرنوں تک شرارے چھٹرک سکتی ہے۔"

تیمور کے حکم جاری کرنے پر کرمانی کی شاعرانہ اور درد آشنا روح وجد میں آگئی اور اُس نے فی البدیہہ یہ اشعار موزوں کر لیے:۔

ماں

یہ کون نغمہ ہے ساری دنیا کے نغمہائے طرب سے شیریں
جو انجم آسمان و گلہائے باغ کا عکس بن رہا ہے
کوئی بتائے بھلا وہ کیا ہے؟
زمانہ کے اہلِ ذوق میں سے ہر ایک کا یہ خیال ہو گا
کہ وہ محبت ہے، جس سے یہ خاکدانِ تیرہ سنور رہا ہے
حریمِ ہستی مہک رہا ہے!
وہ چیز، جو آفتابِ نصف النّہارِ اُردی بہشت سے بھی
ہزار درجہ زیادہ اچھی ہے، خوبصورت ہے، خوشنما ہے
کوئی بتائے بھلا وہ کیا ہے؟
فضائے شبگوں میں مَیں نے دیکھے ہیں مسکراتے ہوئے ستارے
میں جانتا ہوں کہ چشمِ محبوب سارے پھولوں سے خوشنما ہے

شراب گوں ہے، شراب زا ہے!
میں جانتا ہوں کہ اس کا اِک ہلکا ہلکا سا نازنیں تبسّم
دلِ شکستہ کے حق میں کس درجہ مہر انگیز و مہر زا ہے
لبِ تکلّم کا معجزہ ہے! کرشمہ آرائی ہائے احساسِ حسن کے باوجود اب تک
نہ کہہ سکا کوئی شاعر آخر، وہ نغمۂ دل پذیر کیا ہے؟

جو سب سے بہتر ہے، دلربا ہے
مگر میں کہتا ہوں اب کہ وہ نغمہ آہ! وہ دلگداز نغمہ
جو ساری دنیا کے سارے رنگیں ترانوں کا اصل مبتدا ہے
جو قلبِ فطرت کا آئینہ ہے!
وہ نغمہ، وہ کائنات کا، کائنات کا سحر کار دل ہے!!
وہ دل کہ جس کا جہان والوں نے پیار سے نام ماں رکھا ہے!!
وہی محبت کی ابتدا ہے!!
وہی محبت کی انتہا ہے!!

* * *

دس مزید دلچسپ افسانے

نپولین کی محبوبہ

مصنف: اختر شیرانی

بین الاقوامی ایڈیشن منظر عام پر آچکا ہے